128 368

Zu diesem Buch

Die verwitwete Mrs. Ada Harris mit dem lustigen Spatzengesicht ist eine Stütze gepflegter englischer Lebensart. Für einen bescheidenen Stundenlohn bringt sie die Wohnungen alleinstehender Gentlemen auf Hochglanz. Ihr Beruf verschafft der Putz-Lady überdies die Möglichkeit, ihre resolute Neugierde zu stillen. Als sie eines Tages auf dem Schreibtisch des Schriftstellers Geoffrey Lockwood das Foto einer entzückenden jungen Dame entdeckt, weiß Mrs. Harris bald Bescheid. Ihr Arbeitgeber, der gerade dabei ist, sein Werk «Rußland ohne Maske» zu vollenden, gesteht seiner Raumpflegerin die zwar erwiderte, aber dennoch unglückliche Liebe zu Lisaweta Nadjeschda Borowaskaja. Sie ist Fremdenführerin in Moskau und darf ihr Land nicht verlassen. Das Schicksal der jungen Liebenden fordert Mrs. Harris' Hilfsbereitschaft heraus. Obschon sie auf dem Wohltätigkeitsfest der Putzgewerkschaft eigentlich lieber den Farbfernseher mit Mahagonigehäuse gewonnen hätte, kommt ihr nun die bei der Tombola gezogene Pauschalreise für zwei Personen nach Moskau gerade recht. Gemeinsam mit ihrer furchtsamen Freundin Mrs. Violet Butterfield, in der Handtasche einen Brief von Mr. Lockwood an seine ferne Geliebte, macht sie sich auf die Reise. Übereifrige russische Bürokraten halten die schlichte Mrs. Harris für eine hochgestellte Persönlichkeit und erweisen ihr besondere Touristenehren. Geheimdienstbeamte vermuten in dem Besuch der alten Dame ein raffiniertes Spionageunternehmen und treffen bei Touristen sonst nicht übliche Vorkehrungen. So wird der Moskau-Aufenthalt für Mrs. Harris zu einem Wechselbad zwischen Entzücken und Erschrekken.

Paul William Gallico wurde am 26. Juli 1897 in New York als Sohn eines Einwanderers aus Triest geboren. Sein Vater war Pianist, die Mutter Geigerin. Der junge Paul bereiste mit seinen Eltern Europa und ging in New York zur Schule. Um über Sport authentisch schreiben zu können, übte er fast ein Dutzend Sportarten aus und wurde schließlich der höchstbezahlte Sportberichterstatter Amerikas. Seine ersten Bücher waren Sammlungen von Sportreportagen: «Farewell to Sport» (1938) und «Golf is a friendly Game» (1942).

Als rororo Taschenbücher erschienen von Paul Gallico außerdem: «Meine Freundin Jennie» (Nr. 499), «Ein Kleid von Dior» (Nr. 640), «Der geschmuggelte Henry» (Nr. 703), «Thomasina oder Die rote Lori» (Nr. 750), «Ferien mit Patricia» (Nr. 796), «Die Affen von Gibraltar» (Nr. 883), «Immer diese Gespenster!» (Nr. 897), «Waren Sie auch bei der Krönung?» (Nr. 1097), «Jahrmarkt der Unsterblichkeit» (Nr. 1364) und «Freund mit Rolls-Royce» (Nr. 1387). Paul Gallico, der auch als Bühnenautor hervortrat, starb am 15. Juli 1976 in Monte Carlo.

Paul Gallico

Mrs. Harris fliegt nach Moskau

Roman

Deutsch von
Kai Molvig

Rowohlt

Die Originalausgabe erschien unter dem Titel
«Mrs. Harris Goes to Moscow» bei William Heinemann Ltd., London
Umschlagentwurf Eva Kausche-Kongsbak

86.–90. Tausend Februar 1988

Veröffentlicht im Rowohlt Taschenbuch Verlag GmbH,
Reinbek bei Hamburg, Mai 1978
Copyright © 1976 by Rowohlt Verlag GmbH,
Reinbek bei Hamburg
«Mrs. Harris Goes to Moscow» Copyright © 1974 by
Paul Gallico and Mathemata Anstalt
Satz Aldus (Linotron 505 C)
Gesamtherstellung Clausen & Bosse, Leck
Printed in Germany
580-ISBN 3 499 14239 2

Für meinen langjährigen Freund und Lektor
Roland Gant

1

Diese Fotografie hatte bisher nicht dagestanden. Mrs. Harris, deren Scharfblick nichts entging, war ihrer Sache ganz sicher. Sie nahm es sehr genau mit den kleinen Dingen, Bildern und sonstigen Erinnerungsgegenständen, von denen die Wohnungen ihrer Arbeitgeber, bei denen sie täglich saubermachte, überquollen. Die Besitzer waren, was die Anordnung der Sachen anging, zumeist recht eigen und ärgerten sich leicht, wenn irgend etwas sich nicht am gewohnten Platz befand.

Das etwa 20 x 25 cm große gerahmte Foto, das da auf Mr. Lockwoods Schreibtisch stand, zeigte das Brustbild eines in Pelz gehüllten schönen jungen Mädchens vor einem höchst merkwürdigen winterlichen Hintergrund: einer hohen Mauer, überragt von einem seltsamen Turm.

Mrs. Harris, die Mr. Lockwoods Schreibtisch, seine Schreibmaschine sowie die Nachschlagewerke und die zahllosen Kinkerlitzchen hatte abstauben wollen, die offenbar jeder Schriftsteller bei der Arbeit in Reichweite haben mußte, nahm das geheimnisvolle Bild in die Hand, um es genauer zu betrachten. Ganz offensichtlich handelte es sich um die Vergrößerung eines Schnappschusses, doch auch der gröbere Raster vermochte die auffallende Schwermut der Augen nicht zu verbergen. Das Mädchen trug eine Pelzkappe, unter der dunkles Haar hervorquoll. Die genau in die Kameralinse oder auf den Menschen hinter der Kamera blickenden Augen versuchten eine Botschaft zu übermitteln. Für Mrs. Harris, phantasievoll und romantisch, wie sie nun einmal war, war es die Mitteilung einer grenzenlosen Trauer und Sehnsucht. Winter, Schnee, ein unglückliches junges Mädchen und hinter ihr eine düstere Trutzburg.

Diese Traurigkeit übertrug sich auf Mrs. Harris, oder, besser gesagt, sie verstärkte das Gefühl der Melancholie, das sie von Anfang an in dieser kleinen möblierten Wohnung empfunden hatte. Seit sechs Monaten arbeitete sie jetzt für Mr. Lockwood. Er wirkte immer sehr zerstreut und machte auf sie den Eindruck eines Menschen, an dem ein geheimer Kummer nagte.

Die kleine, schmächtige und resolute Mrs. Harris stand also jetzt in Kittelschürze, Pantoffeln und Kopftuch, gewappnet für den Kampf gegen Staub und Schmutz, den langen Stiel ihres Mops senkrecht in der Armbeuge vor Mr. Lockwoods Schreibtisch, in der einen Hand das Foto und in der anderen ein Staubtuch. Die Linien und Furchen in dem lustigen Spatzengesicht mit den runden, glänzenden Apfelbäckchen zeugten von geschlagenen Schlachten im Kampf des Lebens, und die kleinen, flinken, pfiffigen Äuglein leuchteten vor Aufregung über die gemachte Entdeckung.

Mrs. Harris war derart in den Anblick des Bildes vertieft, daß sie Mr. Geoffrey Lockwood nicht nach Hause kommen hörte; er durchquerte das Wohnzimmer, betrat sein Arbeitszimmer und ertappte sie bei etwas, was sie selbst ‹herumschnüffeln› genannt hätte. Ada Harris war im Grunde keine Schnüfflerin, und als sie nun sozusagen in flagranti erwischt worden war, beeilte sie sich, das Glas des Bilderrahmens heftig mit dem Staubtuch zu bearbeiten.

Mr. Lockwood, einen merkwürdigen, ungewohnt finsteren Ausdruck in seinem sympathischen, ansprechenden Gesicht, trat zu Mrs. Harris, nahm ihr wortlos die Fotografie aus der Hand und stellte sie an ihren Platz zurück. Wie ein begossener Pudel stand Mrs. Harris da.

Das peinliche Schweigen mußte unbedingt gebrochen werden. Mrs. Harris sagte: «Ein sehr schönes Mädchen!»

Mr. Lockwood gab keine Antwort, und da er ihr halb den Rücken zukehrte, konnte sie seine düstere, so gar nicht zu ihm passende Miene nicht sehen. Mit seinen fünfunddreißig Jahren war er noch jung zu nennen; er hatte rotblondes Haar, blaue Augen und ausgesprochen männliche Gesichtszüge, während der Mund eine leichte Schwäche verriet, die auch der kurz gehaltene Schnurrbart nicht gänzlich verbarg. Für gewöhnlich wirkte er immer ein wenig verwirrt und geistesabwesend, was Mrs. Harris, die eine verheiratete Tochter und Enkelkinder besaß und deren mütterliche Instinkte leicht zu wecken waren, von Anfang an für ihn eingenommen hatte.

Da auf ihre Bemerkung keine Reaktion erfolgt war, ließ Mrs. Harris einen zweiten Versuchsballon steigen. Sie fragte: «Wo ist das? Was ist das für ein Gebäude? Sieht aus wie ein Gefängnis.»

«Der Kreml», erwiderte Mr. Lockwood kurzangebunden und warf dann plötzlich ohne ersichtlichen Grund den Packen Schreibpapier, den er gerade besorgt hatte, mit heftiger Gebärde auf den Schreibtisch. «Zum Teufel mit ihnen!» schimpfte er, und in seiner Stimme schwang eine solche Wut mit, daß Mrs. Harris vor Schreck einen kleinen Schrei ausstieß und sich dann entschuldigte: «Es tut mir leid, Sir, es war nicht meine Absicht . . .»

Mr. Lockwood wandte sich zu ihr und sagte: «Nein, Sie habe ich nicht gemeint, Mrs. Harris.» Er richtete den Blick auf das Foto, durch das junge Mädchen hindurch auf die Mauer hinter ihr und fuhr fort: «Sondern die da», und nach einer kleinen Pause setzte er hinzu: «und unser gottverdammtes stures Foreign Office. Entschuldigen Sie, Mrs. Harris, ich wollte Sie nicht erschrecken.»

«Und ich wollte nicht schnüffeln», sagte Mrs. Harris. «Nur . . . ich hatte das Bild noch nie bei Ihnen gesehen, und als ich heute hereinkam und es plötzlich da stehen sah, und das Mädchen war so wunderschön, daß ich einfach nicht anders konnte . . .»

«Ich weiß», sagte Mr. Lockwood. «Bis jetzt brachte ich es nicht übers Herz, das Bild aufzustellen, aber da ich glaubte, das Foreign Office würde nun endlich etwas für mich tun . . .» Er beendete den Satz nicht, fügte jedoch etwas anderes hinzu, das Mrs. Harris gleichermaßen in Verwirrung brachte: «Sie ist Russin.»

Verwirrung ist nicht eigentlich das Wort, um Mrs. Harris' Gefühle und ihre brennende Neugier zu beschreiben; es bedurfte ihrer ganzen Selbstbeherrschung, sich im Zaume zu halten. ‹Foreign Office? Kreml?› Davon hatte sie schon mal gehört. Aber ‹Russin›? Wer war sie? Seine Frau, seine Freundin? Wo war sie? Und warum? Zweifellos war sie der Schlüssel zu dem Geheimnis, zu jener Schwermut, die ihr an Mr. Lockwood schon am ersten Tag aufgefallen war, als sie sich auf sein Inserat hin gemeldet und er sie engagiert hatte. Doch ihr angeborenes Anstandsgefühl verbot es Mrs. Harris, von diesem Schlüssel Gebrauch zu machen.

Ada Harris gehörte zu der allmählich aussterbenden Gattung von Londoner Reinmachefrauen, die, früher für fünf Shilling, inzwischen für fünfzig Pence die Stunde Wohnungen und Büros auf Hochglanz brachten. Da Ada das Leben anderer Menschen glühend interessierte, hatte sie sich auf Wohnungen spezialisiert, denn wo sonst hätte sie einen besseren Einblick in ein fremdes Leben gewinnen können? Ihre Arbeitgeber stellten bald fest, daß sie nicht nur eine äußerst gewissenhafte Arbeitskraft war, sondern auch über einen schier unglaublichen Vorrat an Weisheiten und praktischer Lebenserfahrung verfügte, kurzum, daß sie einen gesunden Menschenverstand besaß. Sie wußte unglücklich Liebende zu trösten, konnte auf Anhieb die besten Friseure und Geschäfte sowie die preisgünstigsten Läden aufzählen, half Eheprobleme zu lösen, war stets auf dem laufenden, was die letzten Pressemeldungen über Hochzeiten, Scheidungen und Gesellschaftsskandale betraf, und gehörte zu jenem Geheimbund von Putzfrauen, die untereinander den üppigsten, aus erster Hand bezogenen Klatsch austauschten, der nicht den Weg in die Zeitungsspalten fand.

Sie schnüffelte jedoch nicht herum, wie sie selbst gesagt hatte, noch horchte sie ihre Kunden aus oder steckte ihre Nase in deren persönliche Angelegenheiten. Doch sobald jemand ihr sein Herz ausschütten wollte (gewöhnlich tat das die Dame des Hauses) oder sie um Rat fragte, war Ada ganz Ohr. Auf den Stiel ihres Mops gestützt, hörte sie zu, legte ihre Ansichten dar und redete ohne Punkt und Komma eine halbe bis eine Dreiviertelstunde auf ihr Gegenüber ein. Nichts war ihr lieber als so ein richtiger Schwatz von Frau zu Frau, nicht selten zum heftigen Leidwesen ihrer Arbeitgeberinnen, die dringend zur Kosmetikerin oder zur Schneiderin mußten und an das tickende Taxi dachten, das draußen auf der Straße wartete. Mrs. Harris stellte nie eine direkte Frage – man mußte sich ihr schon freiwillig eröffnen.

Zu seiner nicht geringen Überraschung bemerkte Mr. Lockwood, daß er im Begriff war, eben dieses zu tun. Er setzte sich an seinen Schreibtisch, und nachdem er einen kurzen, düsteren Blick auf die elektrische Schreibmaschine geworfen hatte, sagte er: «Sie ist Fremdenführerin bei Intourist in Moskau. Ich habe sie bei meiner letzten Reise kennengelernt, als ich wegen des Buches *Rußland ohne Maske* dort war.»

Ada Harris traute ihren Ohren nicht. Der Mann, bei dem sie von Anfang an ein Geheimnis vermutet hatte, der ihre Dienste kaum zur Kenntnis nahm und jeden Versuch, ihn zu bemuttern, ablehnte, schien plötzlich bereit, sich alles von der Seele zu reden. Lockwood spürte, ohne daß ihm das bewußt wurde, den Drang, sein Herz zu erleichtern. Ausgelöst hatte dieses Bedürfnis wahrscheinlich die Fotografie, die er die ganze Zeit zwischen seinen Sachen verborgen gehalten und jetzt hervorgeholt hatte, als er glaubte, es gäbe Hilfe für ihn und seine Sorgen. Die brüske Weigerung des Foreign Office, irgend etwas in seiner Angelegenheit zu unternehmen, hatte seine hochfliegenden Hoffnungen und Pläne zunichte gemacht. Mrs. Harris' Verhalten und die ganze, so unglücklich verfahrene Situation – all das stürmte nun auf ihn ein, und so war er bereit, sich jemandem zu eröffnen. Und wo wären diese Eröffnungen besser aufgehoben gewesen als bei einer halb anonymen Reinmachefrau, die an jedem Werktag zwischen neun und elf Uhr mit Besen, Eimer, Schrubber und diversen Reinigungsmittel erschien, um sich seiner Junggesellenwirtschaft anzunehmen und dann wieder ins Nichts zu entschwinden?

«Sie ist Fremdenführerin bei Intourist», wiederholte er. «Sie heißt Lisaweta Nadjeschda Borowaskaja, aber ich nannte sie Liz.» Und dann schoß ihm ein Satz durch den Kopf, den er fast unbewußt aussprach: «Es war wohl so, daß wir beide plötzlich lichterloh brannten.» Als er seiner atemlos lauschenden Zuhörerin einen Blick zuwarf, wurde er plötzlich verlegen, sprach aber weiter, nun mit ruhigerer Stimme. «Nein, so war's eigentlich gar nicht. Ich meine, wir wollten heiraten. Ich war noch nie jemandem wie ihr begegnet. Aber Sie haben ihr Bild ja gesehen.»

Erneute Verlegenheit ließ ihn stocken, und mit einer gewissen Resignation fügte er hinzu: «Entschuldigen Sie. Ich rede wie ein Schuljunge.»

Doch Mrs. Harris war nicht gesonnen, sich damit zufriedenzugeben. Nun, da der Damm gebrochen war, glaubte sie sich berechtigt weiterzufragen: «Was ist passiert? Warum haben Sie sie nicht geheiratet?»

Lockwoods Kinn ruhte auf seiner Brust, und er richtete den Blick auf die Vergangenheit. Seine Erwiderung bestand in einem einzigen Wort: «Rußland», sagte er, so als seien damit alle Fragen beantwortet. Doch als er sah, daß seine Zuhörerin immer noch auf weitere Einzelheiten erpicht war und er nun nicht mehr gut zurück konnte, sprach er weiter. «Sie hassen Ausländer und verbieten ihren Leuten, einen Ausländer zu heiraten oder das Land zu verlassen. Wir hatten noch Glück, daß wir die Sache geheimhalten konnten, und dann mußte ich abreisen. Wären sie dahintergekommen, dann hätten sie...» Er begriff, daß seine mysteriösen Andeutungen weder ihm noch seiner Zuhörerin etwas nützten, und so gab er eine chronologische Wiedergabe der Ereignisse.

Sie hatten sich – gleich zu Beginn von Lockwoods Studienreise durch Rußland – kennengelernt, sich ineinander verliebt und einander Treue geschworen. Moskau war die erste Station der Reise gewesen, bevor die Fahrt ins Landesinnere auf der von Intourist festgelegten Reiseroute weiterging, die Lockwood jedoch hier und da nicht einzuhalten gedachte, da er sich das Material für das von seinem Verlag gewünschte Buch *Rußland ohne Maske* beschaffen wollte.

Sie hatten das außerordentliche Glück gehabt, daß ihre Romanze während seines dreiwöchigen Aufenthalts in Rußlands Hauptstadt nicht entdeckt worden war. Vorsichtige Erkundigungen – so als brauchte er diese Auskunft aus beruflichen Gründen – wieweit es einer Sowjetbürgerin möglich sei, einen Ausländer zu heiraten, ergaben, daß dem schier unüberwindliche Schwierigkeiten entgegenstanden. Eine solche Eheschließung konnte nur nach Überwindung endloser bürokratischer Hürden und ausgeklügelter Hindernisse erfolgen, und selbst dann gab es keine Garantie dafür, daß die Ehefrau oder der Ehemann, je nachdem wer von beiden nun Sowjetbürger war, das Land anschließend auch verlassen durfte. Die Aussichten waren nicht gut, doch die beiden besaßen den Mut und die Hartnäckigkeit zweier Liebender und kamen überein, daß Lockwood zunächst die geplante Reise hinter sich bringen sollte, die ihn weit nach Osten bis nach Serow und noch weiter bis an den Amur nahe der chinesischen Grenze führen würde, und im Süden bis nach Taschkent und Samarkand sowie in die russischen Badeorte am Schwarzen Meer. Sobald er wieder in Moskau war, wollten sie sich in aller Stille daranmachen, die Hindernisse aus dem Weg zu räumen, damit sie heiraten konnten und Liz die Ausreiseerlaubnis nach England bekam.

Da Lockwood sowohl im Foreign Office in London als auch in der

Britischen Botschaft in Moskau Freunde hatte, hielten die beiden Liebenden ihr Vorhaben nicht für ganz aussichtslos. Leider stellte das geplante Buch unter Umständen ebenfalls eine Gefahr dar, doch damit wollte Lockwood das junge Mädchen nicht belasten. Er hatte alles gründlich überlegt und erwartete nicht, daß irgend etwas schiefging. Sie hatten verabredet, daß sie sich während seiner Abwesenheit nicht miteinander in Verbindung setzen wollten und daß Lisaweta bis dahin englischen Touristen die Sehenswürdigkeiten von Moskau zeigen sollte. Lockwood hatte vor, in etwa drei Monaten wieder in Moskau zu sein. Dann sollte ein gemeinsamer Freund sie einander vorstellen, und sie würden so tun, als träfen sie sich zum erstenmal. Danach wollten sie ihre Beziehung nicht mehr geheimhalten und versuchen zu heiraten.

Während er ihr mit niedergeschlagener, eintöniger Stimme eine knappe Übersicht über seine Begegnung mit dem Mädchen gab, versuchte Mrs. Harris ihm mit ihrem flinken Verstand zu folgen und etwas zu ‹sehen› von dem, was er ihr erzählte, oder sich jedenfalls ein Bild davon zu machen, doch der einzige Anhaltspunkt, den sie hatte, war das Foto mit der abweisenden Mauer und dem Turm dahinter. Immerhin gewann sie den Eindruck, daß das Leben hinter dem Eisernen Vorhang wohl doch nicht so rosig war, wie es oft geschildert wurde. Auch war sie alt genug, um zu wissen, wieviel von sogenannten umsichtigen Plänen und so weiter zu halten war, und Lockwoods gedrückte Stimmung wies eindeutig darauf hin, daß bei ihm alles schiefgegangen war. Doch sie mußte unbedingt dafür sorgen, daß er weitersprach, damit sie nähere Einzelheiten erfuhr, denn Lockwood hatte innegehalten und betrachtete mit unglücklichem Gesichtsausdruck schweigend das Bild.

«Verflixt», sagte Mrs. Harris. «Und was war dann? Hat man Ihnen nicht erlaubt zu heiraten?»

Lockwood riß sich von seinen Träumen los und erwiderte: «Es kam viel schlimmer. Ich habe sie nie wiedergesehen.»

Das hatte ihn beinahe umgebracht, vertraute er ihr an, als er den Faden wiederaufnahm. Auf seiner Reise durch das Landesinnere war es ihm gelungen, einen aus Moskau verbannten Schriftsteller zu interviewen, der mehrere Jahre Arbeitslager hinter sich hatte und überdies in einer Irrenanstalt ‹behandelt› worden war, bis Proteste aus dem Westen seine Entlassung bewirkt hatten. Das Treffen mit diesem Dissidenten hatte ganz geheim stattgefunden, doch offenbar nicht geheim genug, denn als Lockwood in Moskau den Zug verließ, hatte der sowjetische Geheimdienst ihn unverzüglich festgenommen.

Er hatte verschiedene Vorsichtsmaßnahmen getroffen, sonst wäre es ihm übel ergangen. So war es ihm beispielsweise während seines

Aufenthalts in Sotschi am Schwarzen Meer gelungen, eines von den zwei Tagebüchern mit seinen Reisenotizen, nämlich das gefährliche, über die Türkei außer Landes zu schmuggeln. Irgend etwas hatte ihn im letzten Augenblick dazu bewogen, auch Lisawetas Foto in das Päckchen zu legen, so daß der KGB, nachdem er Lockwood vierundzwanzig Stunden lang in einem seiner Kellerappartements einem strengen Kreuzverhör unterzogen hatte, ihm nichts nachweisen konnte. In seinen Aufzeichnungen waren lediglich die Beobachtungen eines reisenden Schriftstellers wiedergegeben, der sich für Sitten und Gebräuche, Volkstrachten und malerische Landschaften interessiert. Seinen Besuch bei dem Dissidenten hatte er mit seiner Bewunderung für dessen Werk erklärt.

Es gab keinen triftigen Grund, Lockwood länger festzuhalten und die mühsam angebahnte, aber höchst labile politische Entspannung zu gefährden, doch durch sein Interview mit dem in Ungnade gefallenen Schriftsteller war Lockwood zur *persona non grata* geworden. Der KGB konfiszierte sämtliche Aufzeichnungen und jeden kleinsten Zettel, den er bei sich trug, brachte ihn vom Verhör direkt zum Flugplatz, und fünf Stunden später fand Lockwood sich in London wieder.

Die außerordentliche Vertracktheit von Lockwoods mißlicher Lage war Mrs. Harris zwar noch nicht in ihrem ganzen Umfang deutlich geworden, aber ihr Gehirn arbeitete bereits fieberhaft und suchte nach einem Ausweg für das ihr hier von einem ihrer Kunden unterbreitete Problem. Sie empfand eine angenehme Erregung darüber, an den Sorgen und Nöten eines Mitmenschen teilzuhaben, und sagte: «Aber können Sie nicht irgendwie nach Moskau fahren? Im Augenblick reisen doch 'ne Menge Leute als Touristen nach Rußland. Von einer Dame, für die ich arbeite, ist gerade eine Freundin dort gewesen, und sie fand es himmlisch.»

«Rußland hat zwei Gesichter.» Lockwoods Stimme klang bitter. «Da kommt man nach Leningrad und Moskau, sieht die Goldene Karosse im Kreml, die Mumie des großen Gottes Lenin und die Schätze des Zaren. Wodka, Kaviar, Verwöhnung von allen Seiten . . . Intourist tut sein Bestes, um den Westen hinters Licht zu führen. Nie im Leben bekomme ich noch einmal ein Visum . . . und schon gar nicht, wenn dieses Buch hier erst einmal erschienen ist.» Er tippte mit dem Finger auf das dicke Manuskript neben sich. «Sobald ich versuchte, das Mädchen zu treffen, säße sie im Handumdrehen hinter Gittern.»

Für Mrs. Harris lichtete sich das Dunkel ein wenig. Hinter dieser Mauer schienen also Zellen und Gitter zu sein. «Da sitzen Sie aber ganz schön in der Tinte!» sagte sie, was bei ihr der stärkste Ausdruck für eine vernichtende Niederlage war. «Aber sie hat doch sicher

Verständnis, oder?»

Das ganze Ausmaß der Tragödie wurde nun offenbar. «Wie sollte sie?» stöhnte Lockwood. «Begreifen Sie doch . . . kein Mensch weiß etwas von meiner Ausweisung. Ich hatte versprochen, mich gleich nach meiner Rückkehr bei ihr zu melden. Das war vor sechs Monaten. Und neben allem anderen beschäftigt mich am meisten der Gedanke, daß sie annehmen muß, ich hätte sie im Stich gelassen.»

Mrs. Harris griff tief in den Schatz ihrer lebenslangen Erfahrung. «Wenn sie Sie liebt, wird sie das bestimmt nicht glauben.»

«Was sollte sie sonst glauben?» rief Lockwood. «Es ist doch eine geradezu klassische Situation. Denken Sie an Madame Butterfly.»

«An wen?»

«Schon gut», sagte Lockwood. «Auch der Mann versprach etwas und kam nicht wieder. Einer der ältesten Tricks in diesem Spiel.»

Mrs. Harris wußte nichts von dem Treuebruch, den Lieutnant Pinkerton an der armen Cho-Cho-San begangen hatte, und so war sie rasch mit einem neuen Ratschlag bei der Hand. «Kopf hoch, Mr. Lockwood. Sie dürfen sich von so etwas nicht unterkriegen lassen. Sie sind doch ein gescheiter Kopf. Schreiben Sie ihr einen Brief.»

Lockwood schüttelte mutlos sein Haupt. «Das hätte keinen Sinn», sagte er. «Alle Post aus dem Ausland geht durch die Zensur. Beim kleinsten Hinweis darauf, daß sie mit mir Kontakt hatte, würde man sie verhaften. Sie würde ihren Job verlieren, wenn nicht Schlimmeres, und endlosen Belästigungen ausgesetzt sein.»

Nun sah Mrs. Harris das ganze Ausmaß der Verzweiflung, unter der Mr. Lockwood litt, und ihr warmes, mitfühlendes Herz empfand mit ihm. «Bei Gott!» sagte sie. «Sie armer Mensch. Das ist wohl alles sehr schlimm für Sie, nicht wahr?»

«Es geht nicht um mich», rief Lockwood aus. «Es geht um *sie*! Sie muß glauben, ich hätte sie wie jeder x-beliebige Schuft im Stich gelassen. Sie ist so unschuldig wie ein Kind.»

«Und was ist mit Ihren Freunden im Foreign Office?» fragte Mrs. Harris. «Sagten Sie nicht, daß . . .»

Doch damit erreichte sie lediglich, daß Lockwood einen neuen Wutanfall bekam; er hieb mit der Faust auf den Tisch und schrie: «Diese gottverfluchten Heuchler! Bis gestern hieß es, sie könnten etwas für mich tun. Nur deshalb habe ich ihr Bild hervorgeholt und gewagt, es wieder anzusehen. Und heute morgen dann eine glatte Kehrtwendung. Weil die politische Lage sich geändert hat. ‹Du mußt verstehen, alter Junge, im Augenblick ist leider nichts zu machen.›»

Die ganze Auswegslosigkeit der Situation lag offen zutage. Versuchte er, Kontakt mit ihr aufzunehmen, geriet sie in Schwierigkeiten. Tat er es nicht, mußte sie glauben, daß der Mann, den sie liebte, sie grausam verlassen hatte, und inzwischen starben zwei Liebende, für immer getrennt, an gebrochenem Herzen.

Mrs. Harris, gerührt bis in die Tiefen ihrer Seele und den Tränen nahe, sagte: «Mein Gott, Mr. Lockwood, wenn ich Ihnen doch helfen könnte!»

«Niemand kann mir helfen», sagte Lockwood düster. Er griff nach dem Foto, zog die Schreibtischschublade auf und wollte es hineinlegen.

Mrs. Harris sagte: «Tun Sie das nicht. Lassen Sie es dort stehen. Man weiß nie, was noch kommt. Das Bild wird Ihnen helfen, den Mut nicht zu verlieren.»

Er stellte es wieder an seinen Platz zurück, und beide verfielen für kurze Zeit in tiefes Nachdenken. Mrs. Harris überließ sich Phantasiegebilden, die sie oft überkamen, wenn jemand sich in Schwierigkeiten befand und sie sich gedrängt fühlte, helfend einzugreifen. Die Träumereien, die ihr durch den Kopf gingen, waren weit davon entfernt, vernünftig oder praktikabel zu sein. Im Geiste sah sie sich hinter jener Festungsmauer einer Gruppe von Männern gegenüber, denen sie gehörig die Meinung sagte, weil sie ein verzweifeltes Liebespaar nicht zueinanderkommen ließen. Dann wieder sah sie sich vor Mr. Lockwoods Wohnungstür stehen und auf den Klingelknopf drücken, neben ihr stand Lisaweta Sowieso oder Liz, wie er sie genannt hatte, und als die Tür geöffnet wurde, sagte sie nur: «Hier ist sie, Mister Lockwood. Ich war in Rußland und habe sie Ihnen mitgebracht.»

Lockwood räusperte sich, griff nach seinem Manuskript und sagte: «Ja, also . . .»

Mrs. Harris hatte ein feines Ohr für Andeutungen. Sie sagte: «Es wird Zeit, daß ich mich verabschiede», und sie suchte ihre Siebensachen zusammen, um zu ihrem nächsten Stelldichein mit Staub, Kehricht und einem großen Berg schmutzigen Geschirrs aufzubrechen.

2

Auf dem Nachhauseweg kreisten Mrs. Harris' Gedanken an diesem späten Samstagnachmittag unausgesetzt um Mr. Lockwoods tragische Situation, und auch, als sie sich mit ihrer Busenfreundin, Mrs. Violet Butterfield, zur allabendlichen Tasse Tee und einem ausgiebigen Schwatz zusammensetzte, war sie noch immer trüber Stimmung.

Busenfreundin war genau die passende Bezeichnung für Mrs. Butterfield, denn sie war ebenso rundlich und wohlbeleibt wie Mrs. Harris dünn und schmächtig war. Auffallend klein in ihrem Vollmondgesicht waren nur der Mund über dem dreifachen Kinn in Form eines winzigen ‹O›, das Knopfnäschen und die zwei erschrocken dreinblickenden Äuglein. Der Mund schien wie geschaffen dafür, jeden Augenblick einen kleinen Angstschrei auszustoßen.

Während Ada Harris die geborene Optimistin war und über eine Portion persönlichen Muts verfügte, der manchmal an Verwegenheit grenzte, war Mrs. Butterfield furchtsam und nervös, und da sie ausgesprochen pessimistisch veranlagt war, neigte sie stets dazu, Katastrophen und Unglück zu prophezeien, besonders wenn ihre engste Freundin mal wieder eine ihrer ausgefallenen Ideen zum besten gab.

Früher einmal hatte Violet zu jener tapferen Schar von Putzfrauen gehört, die allmorgendlich um vier Uhr aufstanden, damit sie rechtzeitig die Büros von London säubern konnten, doch kürzlich war es ihr gelungen, sich im ‹Paradise Night Club› in Mayfair den Posten einer Toilettenfrau zu sichern.

Daraus hatte sich das abendliche Zeremoniell entwickelt, denn sobald Mrs. Harris ihr Tagewerk beschloß, machte Violet Butterfield sich so langsam zu ihrem Arbeitsplatz auf den Weg, was ihnen Gelegenheit gab, rund eine Stunde beieinanderzusitzen und Tee und Abendzeitung zu genießen.

Zu diesen Zusammenkünften steuerte Mrs. Butterfield ihren Anteil in Gestalt von allerlei pikantem Tratsch bei, den sie von den Damen, die ihr Reich aufsuchten, aufgeschnappt hatte, während Mrs. Harris mit Bemerkungen über die Extravaganzen und Eskapaden ihrer Arbeitgeber aufwartete. Doch an diesem Abend verspürte sie merkwürdigerweise keine Lust, das, was Mr. Lockwood ihr anvertraut hatte, weiterzuerzählen. Das tragische Schicksal der jungen Liebenden erschien ihr irgendwie zu erhaben, um Stoff für Klatsch und Tratsch abzugeben. Sie zog es vor, sich der Wehmut über besagtes herbes Schicksal allein hinzugeben. Außerdem kamen sie schnell auf zwei Dinge zu sprechen, die Mr. Lockwoods Sorgen ohnehin vorübergehend in den Hintergrund drängten: der Pelzmantel und der Farbfernseher.

«Du und dein Pelzmantel!»
«Du und dein Fernseher!»
Seit Jahren schon stach Violet Butterfield ein Bisampelz in die Augen, der jeden Herbst – immer der neuesten Mode entsprechend – im Schaufenster von Arding und Hobbs, ihrem Lieblingskaufhaus, auftauchte. Es war eine aussichtslose Sache. Denn während Violet knauserte und sparte, um so viel zusammenzukratzen, wie der Pelz im vergangenen Jahr gekostet hatte, erhöhte die galoppierende Inflation in der folgenden Saison den Preis um weitere zwanzig Pfund, womit

das begehrte Stück für Mrs. Butterfield erneut unerschwinglich wurde.

Was den Schwarzweiß-Fernseher von Mrs. Harris anging, so handelte es sich dabei um ein uraltes Modell. Der Apparat war launisch und eigenwillig und hatte überdies die fatale Neigung, immer im spannendsten Augenblick den Geist aufzugeben. Mrs. Harris verzehrte sich nach einem neuen, modernen Farbfernsehgerät mit Super-Bildschirm, das ihre Kellerwohnung in Willis Gardens Nr. 5, Battersea, in ein richtiges Theater verwandeln würde. Der Preis für ein solches Gerät, inklusive Installation, Versicherung und Kundendienst betrug mehr als 400 Pfund und war für sie so unerreichbar wie das erwähnte Rauchwerk für ihre Freundin.

Es gab eine Zeit, in der Ada dieses Problem gemeistert hätte. Einmal war es ihr gelungen, die riesige Summe von 450 Pfund zusammenzusparen: sie war nach Paris gefahren, wo sie sich – man lese und staune – ein Modellkleid bei Dior gekauft hatte. Doch inzwischen war sie älter geworden, leichter ermüdbar und nicht mehr so robust wie früher. Die Anhäufung einer solchen Summe war einfach nicht ‹drin›, also auch das Farbfernsehgerät nicht. Aber das hielt sie nicht davon ab, es sich zu wünschen. Oft blieb sie auf dem Heinweg vor einem Elektrogeschäft stehen und betrachtete voll Verlangen die ausgestellten Apparate, auf denen allen in wunderbaren, natürlichen Farben das gleiche Bild flimmerte.

Die Teeblätter waren zum zweitenmal überbrüht worden, und auf dem Tisch stand eine Platte mit belegten Broten. Mrs. Butterfield fiel auf, daß ihre Freundin sich heute ungewöhnlich schweigsam und ungesellig verhielt. Sie stieß in der *Evening News* auf einen Artikel, der bestimmt auch Adas Interesse erwecken würde.

«Oh, hör mal», sagte sie, «hier steht etwas über einen Freund von dir.» Und sie begann einen Bericht aus Paris vorzulesen, in dem es hieß, daß der Marquis Hypolite de Chassagne, der derzeitige französische Botschafter in den Vereinigten Staaten, in Kürze nach Paris zurückkehre und im Quai d'Orsay einen neuen Posten als Chefberater für Auswertige Angelegenheiten übernähme. «Mit dem hattest du dich doch richtig angefreundet, nicht wahr?» Nach einer kleinen Pause fügte sie hinzu: «. . . damals, als du ins Parlament gewählt wurdest.»

Ada überflog die wenigen Zeilen nun selbst, ließ sich jedoch zu keinem Kommentar herab. Mrs. Butterfield sah sie erstaunt an und bemerkte: «Vielleicht kommt er mal wieder nach London rüber. Dann könntet ihr euch doch mal treffen.»

Mrs. Harris, nach wie vor im Banne von Mr. Lockwoods Tragödie, nickte nur düster und verhielt sich noch immer schweigsam.

«Also wirklich», rief Violet aus, «deine Stimmung scheint ja heute auf dem Nullpunkt zu sein. Hat einer von deinen Leuten sich dir gegenüber nicht nett benommen? Hast du ihm vielleicht die Schlüssel durch die Tür geworfen?»

Letzteres bezog sich auf die altehrwürdige Form der Kündigung, die alle Londoner Putzfrauen anwendeten, sobald sie sich von ihrem Arbeitgeber schlecht behandelt oder beleidigt fühlten. Beim Verlassen der Wohnung warfen sie die Schlüssel durch den Briefschlitz in der Tür, was hieß, daß sie jede Verbindung abbrachen.

Mrs. Harris schüttelte bloß verneinend den Kopf, blieb jedoch nach wie vor stumm, und da ihrer Freundin heute ganz offensichtlich nicht nach Plaudern zumute war, sagte Mrs. Butterfield: «Ich will mal schauen, was es im Fernsehen gibt.» Sie stand auf, schaltete den Apparat ein und drehte an einem der Knöpfe, was einen heftigen Schneesturm auf dem Bildschirm und bösartiges Grollen aus dem Lautsprecher zur Folge hatte. Mit dem nächsten Knopf war es nicht besser: begleitet von Zischen und Krachen erschien ein Bild, das aussah wie durch den Wolf gedreht. Der dritte Knopf hatte einen gänzlich leeren Schirm anzubieten, und der Apparat blieb stumm wie ein Fisch.

Ada Harris fand endlich die Sprache wieder: «Verdammt und zugenäht!» sagte sie erbost. «Ich habe ihn doch erst letzte Woche reparieren lassen. Der Dreckskasten taugt nicht mal zu Brennholz. Und morgen wollte ich unbedingt ‹Stars on Sunday› sehen, aber vor Montag kommt der Mechaniker nun nicht. Schalt ihn aus, Vi, sonst zertrümmere ich ihn am Ende noch.» Dann setzte sie hinzu: «Ich muß wohl doch etwas weniger Tee trinken und erheblich weniger rauchen und noch ein, zwei weitere Kunden annehmen, bis ich mir einen neuen Apparat bzw. einen Farbfernseher leisten kann.»

Mrs. Harris hatte nur selten solche Temperamentsausbrüche, und wenn es dazu kam, sagte Vi meistens vor lauter Angst das Falsche. «Ach, Ada, schlag dir das doch bitte aus dem Kopf. Das schaffst du nie. Es ist dasselbe wie mit meinem Pelzmantel. Immer fehlen mir zwanzig Pfund.»

«Du und dein Pelzmantel», sagte Mrs. Harris.

«Du und dein Fernseher!» hielt Mrs. Butterfield ihr entgegen, doch es tat ihr sofort wieder leid, und außerdem hatte sie eine Idee, wie der verpfuschte Sonntag ihrer Freundin doch noch zu retten war.

Sie sagte: «Du, Ada, unsere Gewerkschaft veranstaltet morgen abend in der Tradesmen's Hall ein großes Wohltätigkeitsfest. Jeder mußte zwei Eintrittskarten kaufen. Wollen wir da nicht zusammen hingehen?»

«Gewerkschaft», sagte Mrs. Harris verächtlich, denn sie war unabhängigen Geistes, stand politisch rechts und hielt sich von Gewerkschaften fern. Mrs. Butterfield hingegen hatte, bevor sie auf dem Weg über die Damentoilette des ‹Paradise Club› sozusagen in die große Welt aufgestiegen war, Büros geputzt; da hatte sie gar nicht anders gekonnt, als der Gewerkschaft beizutreten.

Doch Ada merkte, daß es sich bei dem Vorschlag um ein Friedensangebot handelte, und ein warmes Gefühl für ihre Freundin durchströmte sie: «Also gut, Vi», sagte sie. «Die Karten brauchen ja nicht zu verfallen. Wir können uns die Sache ja mal ansehen.»

Wider Erwarten wurde die Veranstaltung in der Tradesmen's Hall am Sonntag für die beiden zu einem heiteren, gelungenen Abend. Sie trafen dort auf eine ganze Reihe von Bekannten, lauter hart arbeitenden Frauen, die, um zum Unterhalt der Familie beizutragen, ohne Murren täglich die großen Stadtbüros säuberten oder bei fremden Leuten von früh bis spät bohnerten, schrubbten und Staub wischten. Neben Musik, leckeren Speisen und allen möglichen Darbietungen bestand vor allem die Gelegenheit, unzählige Preise zu gewinnen. Es gab außer der Tombola, wo man für ein paar Pence ein verschlossenes Plastikröhrchen mit einem Los erstehen konnte und wo etwa jedes fünfzigste Los einen kleinen Gewinn brachte, noch die Große Lotterie mit Losen zu einem Pfund, aber dafür waren auch geradezu atemberaubende Preise zu gewinnen.

Die Gewerkschaft, äußerst geschickt in der Handhabung des heute üblichen sanften Zwangs, hatte dieses Mal mit außergewöhnlichem Erfolg bei den verschiedenen, an der reibungslosen Säuberung ihrer Büroräume interessierten Firmen ‹Spenden› lockergemacht. Die Gesamtausbeute stellte ein höchst verlockendes Angebot dar. Der Hauptgewinn war ein rotbrauner Kleinwagen, der auf einem rotierenden Sockel stand, daneben hing eine Liste mit weiteren Kostbarkeiten, von denen viele hinter einer Seilabsperrung zu besichtigen waren: riesige Kühlschränke, elektrische Heizöfen, Waschmaschinen, Gutscheine für Pauschalreisen in ferne Gefilde (die immer für zwei Personen galten), Hi-Fi- und Stereo-Apparate, ganze Möbelgarnituren, Teppiche, teure Kameras und dergleichen.

Doch Mrs. Harris hatte für nichts ein Auge, weder für die erwähnte Liste noch für das sich drehende Automobil oder die anderen Gewinne, denn da stand er: *ihr* Fernsehapparat.

Oh, wie war er schön! In einem glänzend polierten, mit Schnitzereien verzierten Mahagonigehäuse, dessen Türen weit offen standen, pirouettierten und sprangen auf dem riesigen Bildschirm zwei Balletttänzer in bunten Kostümen durch die Luft. Jede Schattierung des Regenbogens kam zur Geltung, und die Musik aus dem Lautsprecher klang makellos.

Während Mrs. Butterfield zur Tombola schlenderte, stand Mrs. Harris wie angewurzelt da. Ein Pfund war für sie viel Geld; dafür mußte sie zwei Stunden auf den Knien herumrutschen und hart arbeiten. Doch was hieß das schon angesichts dieses Apparats, dieser Schatztruhe? Trotzdem zögerte sie und wartete noch ab, so als wolle sie auf keinen Fall einer ihrer berühmten Vorahnungen zuvorkommen, die sie gelegentlich überfielen und von ihr als Botschaften ihrer persönlichen Gottheit betrachtet wurden, die irgendwo oberhalb des Himmelsgewölbes in ihrem Büro saß und zu deren Aufgabe es gehörte, sich mit ihren, Adas, Angelegenheiten zu befassen. Im Rückblick hatte diese Gottheit sich eigentlich recht gut bewährt. Bis jetzt.

Und wie sie so wartete, vernahm sie plötzlich eine Stimme, die ihr laut und deutlich befahl: ‹Kauf ein Los, Ada.› Sie holte eine Pfundnote aus ihrer Börse, reichte sie dem hübschen jungen Mädchen, das die Glücksmöglichkeit feilbot, und bekam dafür ein weißes Kärtchen, auf dem zu lesen stand: Große, alljährlich stattfindende Lotterie des Wohltätigkeitskomitees des Gewerkschaftsverbandes, Nr. 49876 FH. Ada schrieb gerade Namen und Anschrift auf den Kontrollabschnitt, als Mrs. Butterfield triumphierend mit einer Flasche billigen Sektes zurückkam. «Sieh mal, was ich gewonnen habe», jubelte sie. «Für fünf Pence! Ohne weiteres hätte ich auch einen automatischen Toaster gewinnen können, stand gleich daneben.»

«Was ist das schon», sagte Mrs. Harris und schwenkte ihr soeben erstandenes Los. «Ich halte hier meinen Fernseher in der Hand.»

Violet machte ein verwirrtes Gesicht, und das hübsche junge Mädchen lächelte mitfühlend.

«Na ja, ich meine, ich werde ihn in der Hand halten», sagte Ada erklärend.

Mrs. Butterfields gesamter Pessimismus meldete sich zu Worte. «Aber Ada Harris, ein Pfund! Du weißt doch, daß du dafür kein Geld hast. Das ist wirklich die Höhe! Wie kommst du denn bloß auf den Gedanken, du würdest ihn gewinnen? In ganz London werden Tausende von diesen Losen verkauft, nicht nur hier. Wie willst du da Glück haben?»

Mrs. Harris' Augen, die hinter den runden Apfelbäckchen fast verschwanden, sprühten vor Mutwillen, als sie antwortete: «Ich hatte eine Vorahnung. Du kennst das doch bei mir. Es kann nicht schiefgehen. Der Fernseher steht schon so gut wie in meinem Wohnzimmer. Hier, sieh», und sie hielt Mrs. Butterfield das Los hin, aus dem hervorging, daß die Ziehung in drei Wochen stattfand und daß es die Nr. 49876 FH trug. «Und willst du wissen, was FH bedeutet? F steht für Fernseher und H für Harris. Komm, ich spendier dir ein Glas an der Bar. Das muß doch gefeiert werden, Vi.»

Mrs. Butterfield nahm ein Ingwerbier, während Ada sich an einem Glas Portwein mit Zitrone, ihrem Lieblingsgetränk, gütlich tat. Sie hob ihr Glas und sagte: «Auf meinen neuen Fernseher.»

So war sie dreieinhalb Wochen später nicht allzu überrascht, als sie beim Nachhausekommen einen durch den Briefschlitz geworfenen Brief vorfand, auf dessen Umschlag der Aufdruck *Große, alljährlich stattfindende Lotterie des Wohltätigkeitskomitees des Gewerkschaftsverbandes* prangte. Der Fernseher, kein Zweifel. Was sollte es sonst sein? Dennoch brachte sie die Seelenstärke auf, mit dem Öffnen des Briefes zu warten, bis Mrs. Butterfield zur abendlichen Tasse Tee erschien, damit sie an dem aufregenden Ereignis teilhaben konnte.

Es war daher ein ziemlicher Schock, als sich beim Lesen des Briefes herausstellte, daß Mrs. Ada Harris, wohnhaft Willis Gardens Nr. 5, Battersea, auf das Los Nr. 49876 FH eine fünftägige Flugreise nach Moskau und zurück für zwei Personen einschließlich Taschengeld gewonnen habe. Dem Schreiben waren zwei Gutscheine beigefügt, die, wie es hieß, im Büro von Intourist in der Upper Regent Street in Reisetickets eingetauscht werden konnten. Herzlichen Glückwunsch und gute Reise!

3

Diese erstaunliche und gänzlich unerwartete Kapriole der Dame Fortuna hatte fast das Auseinanderbrechen der langjährigen Freundschaft zwischen Ada und Vi zur Folge. Mit einer gewissen Feindseligkeit standen sie sich plötzlich gegenüber.

Denn als die Gutscheine, die im Londoner Büro von Intourist, dem Reisedienst der Sowjetunion, gegen zwei Tickets auf die Pauschalreise 6A (drei Tage und vier Übernachtungen in Moskau) einzutauschen waren, auf dem Tisch lagen, machte Mrs. Butterfield ein so entsetztes Gesicht, als handle es sich um zwei schwarze Mambas, und kreischte: «Rußland! Nicht für eine Million Pfund fahre ich dorthin. Das sind *Wilde*. Über die hab ich alles in der Zeitung gelesen, und du auch, Ada Harris. Laß dir bloß nicht einfallen, irgendwohin zu fahren, wo man uns vielleicht den Kopf abhackt oder uns für den Rest unseres Lebens einsperrt.»

Doch Mrs. Harris schwieg zu diesem Wortschwall. Sie saß da und starrte ohne das geringste Gefühl der Enttäuschung auf die beiden bedeutungsschweren Gutscheine, denn während sie ihrem Farbfernseher Lebewohl sagte, begrüßte sie im Geiste etwas weitaus Schöneres und Aufregenderes. Die Phantasiegebilde, denen sie sich kürzlich, als sie von Mr. Lockwoods Dilemma erfuhr, hingegeben hatte, kehrten nun mit doppelter Macht zurück. Wer hätte so etwas je für möglich gehalten! Und doch lagen hier vor ihr zwei Gutscheine für eine Flugreise nach Rußland, und in ihrer lebhaften, durch das jüngste Ereignis erst recht beflügelten Phantasie kam ihr der visionäre Gedanke, daß es sich bei dem Ganzen nur um ein beständiges Eingreifen von hoch oben handeln könne, ja, beinahe um eine an sie persönlich gerichtete Botschaft: ‹Denk nicht mehr an den Fernseher, Ada Harris. Mach dich auf nach Rußland, und komm nicht ohne Mr. Lockwoods Schatz wieder. Nimm diese Gutscheine hier, die ich für dich besorgt habe.› Für Ada bestand nicht der leiseste Zweifel, daß die Botschaft so und nicht anders lautete.

Ihre erste Regung war, zu Mr. Lockwood zu eilen oder ihn zumindest anzurufen und ihm die Neuigkeit mitzuteilen, daß es die Möglichkeit gab, die Verbindung zwischen ihm und seiner verloren geglaubten Liebe wiederherzustellen, doch dann fiel ihr ein, daß er für eine Woche verreist war.

Eine Woche Aufschub. Aber das war unter Umständen sogar sehr günstig, weil es ihr Zeit ließ, Violet zu bearbeiten, denn wenn Mrs. Harris, keineswegs eine Närrin, Mrs. Butterfields Ansichten über Rußland auch nicht teilte, so war ihr doch nicht ganz wohl bei dem Gedanken, jene unheimliche, unter dem Namen Eiserner Vorhang bekannte Grenze allein zu überschreiten. Zu zweit war das schon sicherer.

Jedermann weiß, daß sich die Gedanken im Kopf eines Menschen rasch wie ein Filmstreifen abspulen können, und so war seit Mrs. Butterfields angstgequältem Ausbruch kaum eine Sekunde vergangen, als Mrs. Harris ruhig erwiderte: «Ach, weißt du, Vi, man kann nicht alles glauben, was in der Zeitung steht. So eine kleine Vergnügungsreise kann doch ganz nett sein, zumal sie uns so unerwartet in den Schoß gefallen ist.»

«Vergnügungsreise? Zu diesen Wilden?» rief Violet schrill. «Ada, das kann doch nicht dein Ernst sein! Dazu kannst du mich nicht überreden. Auch nicht für eine Million Pfund!» Hier verstummte der kleine o-förmige Mund, und Violett starrte ihre Freundin voll Entsetzen an. Sie wußte, wie hartnäckig ihre Freundin sein konnte, wenn sie sich etwas in den Kopf gesetzt hatte. Für Mrs. Butterfield überstieg die Summe von einer Million Pfund alles Erdenkliche, doch jetzt, als sie Adas gelassene Miene sah, war sie im stillen beinahe darauf gefaßt, daß Ada ihre Handtasche öffnete und das Geld auf den Tisch legte oder es sich bei der Bank von England lieh.

Mrs. Harris war sich darüber klar, daß noch ein Berg von Schwierigkeiten vor ihr lag. Sie zwang sich zu einem Lachen und sagte: «Nun denk doch mal ein bißchen nach, Violet Butterfield. Vielleicht stimmt es ja, daß ein paar von diesen großen Tieren sich gelegentlich um die Ecke bringen, aber wer sollte ein Interesse daran haben, unsereinem Schwierigkeiten zu machen?»

«Glaub das bloß nicht, Ada Harris», konterte Mrs. Butterfield. «Das macht für diese Iwans keinen Unterschied. So wie du dich immer aufführst und deine Nase in alles steckst . . . und deine scharfe Zunge . . . da sitzt du in Null Komma nichts in einem von diesen unterirdischen Gefängnissen – schneller, als du piep sagen kannst.»

«Quatsch», sagte Mrs. Harris in spöttischem Ton. «Du hast 'ne Meise. Wem habe ich schon jemals Ärger gemacht? Und etwas Schlimmeres, als vielleicht mal im Bus schwarzzufahren, habe ich auch niemals getan. Aber wenn der Schaffner nicht aufpaßt, geschieht's ihm ganz recht. Meinst du denn, in Moskau hätten die Leute schon mal was von Ada Harris gehört, hä?»

Wenn es in London sechs Uhr abends ist, ist es in Moskau acht. Vielleicht tauchte Mrs. Harris' Name nicht im selben Augenblick, als sie ihre rhetorische Frage stellte, in jener fernen Stadt auf, aber auftauchen tat er, und zwar in einem Dossier, das auf dem Schreibtisch von Waslaw Wornow lag, einem gewissenhaften Beamten des KGB, der politischen Geheimpolizei. Für Wornow nahm das KGB die Stelle der orthodoxen Kirche ein, und er diente ihm mit nie erlahmendem Arbeitseifer, denn selbst lange nach Dienstschluß saß er noch immer an seinem Schreibtisch und arbeitete sich durch einen Stoß von Zeitungsausschnitten hindurch, die der Presse der kapitalistischen Metropolen entstammten. Genosse Wornows Aufgabe bestand darin, Hinweise auf das taktische Vorgehen der Feinde der Sowjetunion aufzuspüren, sie aktenmäßig dingfest zu machen und, falls sie Mütterchen Rußlands Grenzen überschreiten sollten, jeden ihrer Schritte zu überwachen.

Unter den letzten Blättern, die er in die Hand nahm, befand sich der Ausschnitt aus einer englischen Zeitung mit der Notiz, auf die Mrs. Butterfield vor ein paar Wochen Mrs. Harris aufmerksam gemacht hatte: die Meldung, daß der französische Botschafter in den Vereinigten Staaten, Marquis Hypolite de Chassagne, abgelöst werde und künftig als Chefberater für Auswertige Angelegenheiten am Quai d'Orsay tätig sei.

Genosse Wornow las die Notiz, dann drückte er auf einen Knopf und befahl einem jüngerem Beamten, ihm die Akte über den Marquis zu bringen, der ein zu großer Fisch war, als daß man die über ihn vorhandenen Angaben lediglich in einem Computer gespeichert hätte. Unter *Feinde der Sowjetunion* gab es im Spezialarchiv bestimmt ein umfassendes Dossier über ihn.

Als die Akte vor ihm lag, las er sie aufmerksam von A bis Z durch: wann und wo der Marquis geboren war und welche Erziehung er genossen hatte, welche politischen Ansichten er vertrat, wer seine Freunde und Bekannten waren und wie er im diplomatischen Dienst Karriere gemacht hatte. Ganz zuletzt war die lange Liste seiner dem Wohlergehen der Sowjetunion und ihrer Führung abträglichen Aktivitäten aufgeführt.

Ein so umfassendes Dossier über einen gegnerischen Staatsbürger konnte nur vom KGB mit seinem ausgedehnten Informationsnetz zusammengetragen werden; es enthielt praktisch alle Personen, mit denen der Marquis je in Berührung gekommen war.

Nun, da er bald wieder einen Machtfaktor in der französischen Außenpolitik darstellte, war es so gut wie sicher, daß er demnächst erneut energisch die Stimme erheben und gegen den sowjetischen Plan einer Entspannung protestieren würde, mit der der Westen in Sicherheit gewiegt werden sollte. Der Genosse Inspektor ging die Liste der Namen sorgfältig durch. Viele davon waren ihm geläufig, andere hatte er noch nie gehört; sie standen am Ende der Liste, was bedeutete, daß man den Trägern dieser Namen kein größeres Gewicht beimaß. Sein Blick fiel auch auf den Namen Ada Harris, wohnhaft Willis Gardens Nr. 5, Battersea, London SW1. Einzelheiten über das Warum und Wieso ihrer Beziehung zu Hypolite de Chassagne waren nicht erwähnt, also las der Inspektor weiter und notierte sich dabei die Namen der ihm bekannten Gesinnungsgenossen des Marquis, die von nun an sehr genau beobachtet werden mußten.

«Meinst du denn, in Moskau hätten die Leute schon mal was von Ada Harris gehört?» hatte Mrs. Harris gefragt. Doch einer kannte den Namen: Genosse Inspektor Waslaw Wornow vom KGB. Nicht umsonst hatte er diese Stellung inne, die er seinem phänomenalen Gedächtnis verdankte, das es mit einer ganzen Elefantenherde aufnehmen konnte, doch das wußte Ada glücklicherweise nicht. Nicht daß es sie in diesem Stadium der Ereignisse besonders beunruhigt hätte. Sie war viel zu sehr damit beschäftigt, sich zu überlegen, wie sie Mrs. Butterfields Verteidigungsstellung unterminieren könnte.

Der erste Schritt in dieser Richtung bestand darin, daß Mrs. Harris sich zu Intourist in der Upper Regent Street begab und sich ein Dutzend jener farbenprächtigen, hübsch und teuer aufgemachten Prospekte des monolithischen sowjetischen Reisebüros geben ließ, die in Wort und Bild die Schönheit russischer Städte und die erhabene Weite und Großartigkeit der Landschaft priesen, von denen man sich selbst überzeugen konnte, indem man eine dieser vielen Pauschalreisen hinter den Eisernen Vorhang buchte.

Als Mrs. Butterfield zum wiederholten Male die langweiligen, eng bedruckten, schmuddeligen Zeitungsartikel studierte, in denen die verschiedenen Greuel und Repressionen breitgetreten wurden, denen die Bürger der UdSSR sowie alle anderen ausgesetzt waren, die man dabei erwischte, daß sie ihre Nasen in Dinge steckten, die sie nichts angingen, zog Ada als Gegengift die Prospekte aus der Tasche und schob sie ihrer Freundin hin.

Da gab es Bilder von sauberen, gepflegten weißen Schiffen auf der blauen Moskwa und von palastartigen Bauwerken in den herrlichsten Proportionen. Fast auf jeder Abbildung dominierte der faszinierende ziegelfarbene Kreml; die hohen Gebäude der Moskauer Universität, Denkmäler und wunderbarer Bauten hoben sich aus dem Grün der Parkanlagen. Die Wohnhäuser waren in modernem Stil errichtet, das Denkmal zu Ehren der Erschließung des Weltraums ragte in den Himmel. Die vielen Bilder von Museen und Ausstellungen wetteiferten mit Farbfotos von Ballerinen, Volkstänzern, Zirkusartisten, nachts in allen Regenbogenfarben angestrahlten Fontänen, breiten Boulevards, großen, ausgedehnten Plätzen, den farbenfreudigsten Kirchen der Welt mit bizarren Kuppeln, dazu Abbildungen von geradezu feenhaftem Feuerwerk. Moskau im Winter, Moskau im Sommer, im Frühjahr und im Herbst. Einige der Prospekte waren den Kunstfestspielen gewidmet und zeigten Szenen aus Oper, Schauspiel und Ballet, sowie Volks- und Kosakenchöre, in anderen waren hübsche Mädchen in Nationaltracht und strahlende Schulkinder zu sehen. Die Flugzeuge glichen aufs Haar denen, die täglich in London über einen hinwegflogen, und waren innen offenbar so bequem und behaglich ausgestattet wie ein komfortables Wohnzimmer, und der Flughafen von Moskau war einfach umwerfend. Die Hotelzimmer wirkten ebenso luxuriös wie die im *Claridge* oder im *Savoy*, wo Ada früher gelegentlich als Zimmermädchen gearbeitet hatte.

Doch das hervorstechendste war die Lebensfreude auf den Gesichtern der abgebildeten Menschen. Ein wunderschönes Mädchen streckte dem Beschauer mit einem strahlenden Lächeln einen Rosenstrauß entgegen, andere vergnügten sich am Strand oder tanzten, sangen und spielten miteinander. Man sah nur lachende, glückliche Gesichter.

So hatte jeder der beiden ihre Beweisstücke vor sich, aber das Duell endete vorläufig mit einem Unentschieden.

4

Mrs. Butterfield tat recht daran, sich sorgenvoll zu fragen, ob die Summe von einer Million Pfund, für die sie sich unter Umständen dazu überreden lassen wollte, die Reise mitzumachen, nicht viel zu niedrig angesetzt war, denn Adas Willenskraft und Durchsetzungsvermögen waren so bekannt und gefürchtet, daß die Million an Wirksamkeit zu verlieren drohte.

Und so startete Ada eines Abends ihren Gegenangriff, und zwar von einer Operationsbasis aus, die bisher Violet Butterfields Domäne gewesen war – die Presse. Sie sah von ihrer Zeitung auf und bemerkte wie beiläufig: «Ich glaube, wenn eine Mutter ihre Tochter dort hinfahren läßt und ihr erlaubt, da zu reiten, kann es so schrecklich nicht sein, und zwei alten Putzfrauen wie uns wird schon nichts passieren, solange wir uns nicht gerade auf ein Pferd setzen.»

Mrs. Butterfield biß sofort an. «Was für eine Mutter? Und wessen Tochter? Und was für ein Pferd?»

«Die Queen», erwiderte Mrs. Harris. «Hier, lies. Es geht um Prinzessin Anne. Sie fährt mit ihrem Verlobten zum Reiten nach Rußland, ihr Daddy geht auch mit. Nun, was sagst du dazu?»

Mrs. Harris sprach die Wahrheit. Die Weltmeisterschaftskämpfe der Reiter in Kiew standen kurz bevor, und Mrs. Butterfield mußte die Neuigkeit schlucken, daß Prinzessin Anne, ihr Vater und ihr damaliger Verlobter vorhatten, an den Meisterschaften teilzunehmen.

Es war ein harter Schlag für Violet, und sie konnte nur äußerst wenig dagegen vorbringen. «Das sind Mitglieder der königlichen Familie», entgegnete sie. «Wer wird schon wagen, denen etwas zu tun? Das gäb ja Krieg. Nur unsereins wird so schandhaft behandelt. Ich habe gerade erst wieder gelesen, wie es dort zugeht. Kein warmes Wasser im Bad. Und die Wasserspülung funktioniert so gut wie nie. Und wie ein Schaf wird man herumkommandiert. Wer hat auf so was schon Lust, und das fünf Tage lang?»

Hier klickte etwas in Mrs. Butterfields Kopf, und sie ging zu einem Überraschungsangriff über, der Mrs. Harris' Schlachtplan um ein Haar über den Haufen geworfen hätte.

«Weißt du, Ada», sagte sie, «für Leute wie Prinz Philip und Prinzessin Anne mag das ja schön und gut sein, sich in fremden Ländern herumzutreiben. Sie haben ja sonst nichts zu tun. Aber was ist mit meinem Job?» Und, ihren Angriff verstärkend, fuhr sie fort: «Ja, du! Du kannst praktisch Ferien machen, wann du willst. Du brauchst deinen Leuten bloß zu sagen, daß du eine Woche nicht kommst, und damit müssen sie sich wohl oder übel abfinden. Das kann ich nicht.

Wenn ich im ‹Paradise Club› auch nur eine Viertelstunde zu spät komme, wird mir das am Lohn abgezogen, und wenn ich auf die Idee käme, mir einen Tag frei zu nehmen, würde ich bestimmt sofort rausfliegen. Ich kann auf meinen Job nicht verzichten; er ist angenehm, und die Trinkgelder bringen was ein. Glaub mir, mindestens ein Dutzend andere warten nur darauf, meinen Platz einzunehmen. Aber daran hast du bestimmt nicht gedacht. Laß uns doch dieses ganze Palaver beenden. Der Prinzessin und ihrem Pferd wünsch ich viel Glück!»

Es stimmte. Daran hatte Mrs. Harris nicht gedacht, und dieses eine Mal war sie zum Schweigen gebracht. In schlechten Zeiten war ein Job nicht zu verachten. Die Wirtschaft war in einer Flaute, die Inflation griff um sich, und sie konnte von ihrer Freundin natürlich nicht verlangen, daß sie ihretwegen eine offenbar einträgliche Stellung aufgab. Drei Tage lang wurde von der Reise nach Moskau nicht mehr gesprochen, Mrs. Harris legte selbst die Prospekte beiseite und zerbrach sich den Kopf, wie sie diese neue Hürde wohl nehmen oder umgehen konnte. Die Hilfe kam von gänzlich unerwarteter Seite. Denn es schien, daß der Große Manipulator, der hoch oben über den Sternen thronte, seine eigenen Ansichten über die Sache hatte und es in seiner unendlichen Weisheit und Allmacht aus irgendeinem Grunde für wünschenswert hielt, daß Mrs. Harris nach Moskau reiste.

Es nahm sich des Falls wie immer auf eine recht umständliche, aber erfolgreiche Weise an, indem er einen Brandschutzinspektor damit beauftragte, die entsprechenden Sicherheitsvorkehrungen im ‹Paradise Club› zu kontrollieren.

Zwei Tage lang vermochte Mrs. Butterfield ihre Freundin zu täuschen. Nach dem gemeinsamen Teestündchen erhob sie sich um die übliche Zeit, sagte: «So, mein Liebes, ich muß allmählich wohl gehen», und verließ Ada. Doch am dritten Tag flog die Sache auf.

Ada war noch eifrig beim Lesen ihrer *Evening News*, als Violet ihr Sprüchlein hersagte, und ohne aufzusehen erwiderte sie ganz friedlich: «Du mußt also gehen, ja? Und wohin? Ins Kino?»

Mrs. Butterfield Schritt stockte, ihre füllige Gestalt schwang herum, und sie starrte ihre Freundin schreckerfüllt an. «Ins Kino?» sagte sie. «In welches Kino? Ich weiß nicht, wovon du sprichst.»

«Komm», sagte Ada, «setz dich wieder hin, und ich werde es dir sagen.»

So als sei sie hypnotisiert, tat Violet, wie ihr geheißen. Mrs. Harris las ihr vor:

«Brandschutzinspektor
lässt bekanntes Nachtlokal schliessen
‹Paradise Club› verstößt gegen die Sicherheitsvorschriften. Brand-

schutzinspektor John Reach ordnete die Schließung des Nachtclubs in der Upper Mount Street an, da bestimmte Schutzmaßnahmen gegen Brandgefahr nicht getroffen und Sicherheitsvorschriften nicht beachtet worden sind. Der Besitzer, Mr. Silk Mathieson, erklärte sich bereit, die nötigen baulichen Veränderungen unverzüglich durchführen zu lassen. Die Arbeiten werden ungefähr einen Monat dauern, sagte Mr. Mathieson, und während dieser Zeit wird der Club geschlossen bleiben. Weiter sagte er, daß sämtlichen Angestellten für die Dauer der Schließung des Clubs ein zusätzlich bezahlter Urlaub gewährt wird.

Hypnotisiert war nun nicht mehr das richtige Wort, um Mrs. Butterfields Zustand zu beschreiben. Paralysiert träfe es besser, denn sie saß leichenblaß wie angewurzelt auf ihrem Stuhl und starrte ihre Freundin schuldbewußt an. Ada ließ die Zeitung sinken und sagte: «Violet Butterfield, wie konntest du mir das antun? Kannst mich wegen deines Jobs nicht begleiten, wie? Und hier steht, daß sämtlichen Angestellten für die Dauer der Schließung ein zusätzlich bezahlter Urlaub gewährt wird, während du mir vormachst, daß du zur Arbeit mußt. Na, wie sieht's denn jetzt mit einer kleinen Urlaubsreise nach Moskau aus, meine Liebe?»

In ihrer Verlegenheit reagierte Mrs. Butterfield mit einem für sie höchst ungewöhnlichen Zornesausbruch, der unter den gegebenen Umständen jedoch verständlich war. «Laß das gefälligst, mich herumzukommandieren, Ada Harris», rief sie, ihre Starre abschüttelnd. «Wenn wir auch seit Ewigkeiten befreundet sind, so laß ich mir deswegen noch lange nicht vorschreiben, wo ich hinreisen soll und wohin nicht, und wenn es ein Land gibt, in das ich meinen Fuß nicht setze, dann ist es Rußland. Deine Bilder von den Palästen und Kirchen und Ballettänzerinnen kannst du dir an den Hut stecken. Aber von den armen Leuten, die in den Klapsmühlen verschwinden oder sich in Sibirien zu Tode frieren, da gibt es keine Fotos. Ich denke nicht daran, nach Rußland zu fahren – das ist mein letztes Wort!» Sie hielt inne und wartete mit klopfendem Herzen auf den Wutausbruch ihrer Freundin, der kommen mußte, denn Ada Harris war bekannt dafür, daß sie sich von niemandem etwas bieten ließ. Doch zu Violets Überraschung blieb er aus.

Statt dessen faltete Mrs. Harris ruhig ihre Zeitung zusammen, legte sie auf den Tisch und sagte: «Ich verstehe, Violet, du brauchst kein Wort weiter zu sagen.» Sie war verletzt – nicht weil Mrs. Butterfield sich vor dem Eisernen Vorhang und dem, was dahinter lag, fürchtete, sondern weil sie ihr hatte verheimlichen wollen, daß sie rund vier Wochen gar nicht an ihrem Arbeitsplatz zu erscheinen brauchte. Sie stand auf und nahm die beiden Gutscheine aus der Porzellanschale auf dem Kaminsims, in der sie alle wichtigen Papiere aufhob, schob den einen über den Tisch und sagte: «Da. Du hast mich zu dem Fest eingeladen und meine Eintrittskarte bezahlt. Ergo müssen wir das, was ich gewonnen habe, teilen. Hier ist dein Gutschein. Mach damit, was du willst. Was mich betrifft, ich fahre.» Sie steckte den anderen Gutschein in ihre Handtasche und ließ sie mit einer unmißverständlichen Gebärde der Entschlossenheit zuschnappen. Für Mrs. Butterfield hörte es sich wie das Dröhnen einer zufallenden Kerkertür an. Ihr Zorn war verraucht. Sie stieß einen Schreckensschrei aus und rief: «Ada, du willst doch nicht etwa ganz allein dorthin?»

Mrs. Harris, sehr darauf bedacht, das Dekorum zu wahren, sagte hoheitsvoll: «Wenn meine beste Freundin es ablehnt, mich auf dieser Reise, die sie keinen Penny kostet, zu begleiten, bleibt mir wohl nicht anderes übrig.»

Wenn Mrs. Butterfield weinte, schwammen nicht nur ihre Augen in Tränen, sondern gleich die ganze Wohnung. «Oh, Ada, Ada», jammerte sie, «sprich nicht so. Du *bist* meine beste Freundin, die einzige, die ich auf der Welt habe. Was auch passieren mag, ich begleite dich. Es muß ja jemand auf dich aufpassen.»

Ihre Kapitulation hätte auch das sprichwörtliche Herz von Stein erweichen lassen. Das von Mrs. Harris war sehr viel schneller zu rühren. Auch ihr liefen die Tränen über die Wangen, und mit ausgestreckten Armen ging sie auf ihre Freundin zu und rief aus: «Oh, Vi, ich habe es ja gewußt.» Und Vi sagte: «Ada, ich wollte dir bestimmt nichts vorlügen, was meinen Job angeht. Das Geld, das ich für diesen zusätzlichen Urlaub bekomme, können wir auch verbrauchen.» Und sie fielen einander in die Arme, wobei die zierliche Mrs. Harris, als sie Mrs. Butterfield in die Arme sank, von dem großen Busen ihrer Freundin fast erdrückt wurde.

Nachdem die Tränen getrocknet waren, wurde zuerst eine frische Kanne Tee aufgebrüht. Dann setzten die beiden Freundinnen sich wieder hin, und Ada sagte vergnügt: «Und weißt du was, Vi? Dann kommst du endlich auch zu deinem Pelz.»

«Wieso?»

«Na ja. Von Rußland kommen sie doch. Und gar nicht teuer. Sieh mal, hier auf den Bildern. Alle tragen Pelzkappen. Da, sogar die armen Leute. In Rußland kann sich jeder einen Pelz leisten. Du wirst sehen, bald hast du deinen Pelz.»

Mrs. Butterfield erwachte zu neuem Leben und richtete sich auf. «Glaubst du wirklich?» fragte sie.

«Morgen früh gehen wir und holen unsere Tickets», sagte Mrs. Harris.

5

Mrs. Harris war bereits einmal bei Intourist gewesen, als sie die Prospekte geholt hatte. Es war dort nicht anders zugegangen als in anderen Reisebüros; vielmehr hatte das gleiche, für jedes gutgehende Reisebüro offenbar typische Durcheinander geherrscht, und sie hatte den Eindruck gewonnen, daß alle Angestellten ein gutes, verständliches Englisch sprachen. So war sie, als sie sich am nächsten Vormittag zusammen mit Mrs. Butterfield auf den Weg machte, ganz zuversichtlich, daß die absolut normale Reisebüro-Atmosphäre bei Intourist Violets Ängste weitgehend zerstreuen würde.

Der erste Schritt war von Erfolg begleitet. Daß das Reisebüro dicht neben so beruhigenden britischen Institutionen lag – auf der einen Seite ein Tabakladen und ein Süßwarengeschäft, auf der anderen die Regent-Street-Schreibmaschinen-Gesellschaft und ein großes Warenhaus und gegenüber die National Westminster Bank –, übte auf Mrs. Butterfield eine beruhigende Wirkung aus.

Auch die Atmosphäre im Innern von Intourist und die die Wände zierenden riesigen Farbfotos taten das ihrige, Mrs. Butterfields Ängste zu beschwichtigen: Moskau im Frühjahr, Moskau im Sommer, Moskau unter einer winterlichen Schneedecke sowie andere idyllische Szenen aus dem russischen Landleben. Als sie an einen Schalter herantraten und das dahinterstehende junge Mädchen sie fragte: «Womit kann ich Ihnen dienen? Wohin wollen Sie reisen? Haben Sie unsere Angebote schon gesehen?» flüsterte Mrs. Butterfield Mrs. Harris zu: «Aber, Ada, die sprechen ja genau wie wir.» – «Schsch», machte Mrs. Harris. «Sei doch nicht so dumm, Vi, das Mädchen ist Engländerin, genau wie du und ich.»

Sehr geschickt von diesen Russen, in ihrem Reisebüro vorwiegend Engländer anzustellen, dachte Mrs. Harris, und die Tatsache, daß sie das dachte, die Ohren spitzte und ihren scharfen Augen nichts entgehen ließ, war kennzeichnend für das, was ihr in letzter Zeit ständig im Kopf herumging. Wenn sie ihr Vorhaben ausführen wollte, die junge Russin außer Landes zu bringen, war es wichtig, alles Wissenswerte über diese Leute in Erfahrung zu bringen. Im Augenblick mußte sie ihre Beobachtungen allerdings auf die hinter dem langen Schalter befindlichen Angestellten beschränken, die sich alle Mühe gaben, ihre potentielle Kundschaft zufriedenzustellen.

Doch nun, da sie im Begriff stand, die selbstauferlegte Mission in die Tat umzusetzen, verspürte Ada plötzlich einige Gewissensbisse. Zwar hatte ihre furchtsame Freundin ihren Widerstand endlich aufgegeben und sich damit einverstanden erklärt, mit ihr nach Rußland zu fahren, aber sie ahnte natürlich nicht im entferntesten, was sie,

Ada Harris, insgeheim plante, sobald sie erst einmal dort waren. Ada wollte auch nichts davon sagen, denn Mrs. Butterfield würde bestimmt außer sich geraten. Andererseits war Ada bereit, ihrer Freundin eine letzte Chance zum Aussteigen zu geben. Großmütig sagte sie: «Was meinst du, Vi? Sollen wir oder sollen wir nicht? Ich möchte nicht, daß ich dich zu etwas überrede, was du gar nicht willst. Wir können ebensogut woanders hinfahren. Du brauchst nur ein Wort zu sagen, und wir blasen das Ganze ab.»

Doch die Schönheit der Bilder hatte Mrs. Butterfield völlig gefangengenommen. Nirgends war etwas Bedrohliches zu sehen, und das junge Mädchen hinter dem Schalter mit seinem vertrauten Cockney-Dialekt gab ihr das Gefühl, in Rußland sei es genau wie hier.

Den Blick auf die riesigen, bunten Plakate gerichtet, sagte sie: «Wie wunderschön. Wenn alles dort so ist, hätte ich nichts dagegen, mich selbst davon zu überzeugen.»

Ada legte ihre Hand auf Vis prallen Arm und erwiderte: «Liebling, du bist die beste Freundin, die ich mir wünschen kann.» Sie gab die beiden Gutscheine dem jungen Mädchen, das sie an einen gutaussehenden jungen Angestellten mit glutvollen dunklen Augen weiterreichte; er hätte Russe sein können, sprach jedoch ein perfektes Englisch.

Der dem Publikum zugängliche Teil von Intourist funktionierte tadellos, was sich von der angeschlossenen russischen Verwaltungsabteilung nicht unbedingt sagen ließ.

Der junge Mann mit den Glutaugen prüfte die Gutscheine auf ihre Gültigkeit und holte dann die erforderlichen Buchungs- und Antragsformulare hervor.

«Wie steht's mit den Reisepässen?» fragte er.

«Hier sind sie», antwortete Mrs. Harris.

«Ferner brauchen wir drei Paßfotos.»

«Haben wir ebenfalls», sagte Mrs. Harris triumphierend, «und auch unsere Geburtsurkunden.»

Der junge Mann lächelte gewinnend und sagte: «Ich sehe, die Damen sind erfahrene Reisende. Nein, nein, nur die Fotos.»

Die Bilder stammten noch aus der Zeit, als Mrs. Harris und Mrs. Butterfield bei einem amerikanischen Filmmagnaten beschäftigt und per Schiff in die Vereinigten Staaten gereist waren.

Der Angestellte sagte: «Wenn Sie jetzt bitte diese Formulare ausfüllen wollen. Feder und Tinte finden Sie dort drüben auf dem Tisch.»

Das eine Blatt war ein Buchungsformular, in das der junge Mann bereits die Art der Pauschalreise beziehungsweise die Kennziffer eingetragen hatte; das andere, der Antrag für die Einreisegenehmigung mit den vielen Fragen in kyrillischer Schrift und der englischen

Übersetzung darunter sah schon furchteinflößender aus.
Mrs. Butterfield bekam einen Schreck. «Was sind das für komische Buchstaben?» fragte sie. «Das habe ich gar nicht gern, wenn ich was nicht lesen kann.»
Ada sagte: «Stell dich nicht so an, Vi, es steht genau da, was es heißt.»
Sie überflog rasch die Liste der Fragen, um festzustellen, wie weit die Russen sich für ihr Privatleben interessierten. Name, Nationalität, Geburtsdatum, Beruf und so weiter – sie fand die Fragen erstaunlich harmlos. Ada erinnerte sich an das Theater, als sie beide in die große demokratische Republik der Vereinigten Staaten von Amerika einreisen wollten. Um ein Besuchsvisum zu erhalten, hatten Violet und sie eine halbe Stunde lang die Fragen eines wortkargen, reizbaren Vizekonsuls über sich ergehen lassen müssen, der nicht nur alles über Familienstand, Geldeinkünfte und Zweck und Ziel der Reise wissen wollte, sondern auch über ihre Religionszugehörigkeit, ihre politische Einstellung bis hin zu ihrem ‹Lebenswandel›, so daß Mrs. Harris drauf und dran gewesen war, dem jungen Mann zu sagen, wohin er sich sein Visum stecken könne – wenn sie es bloß nicht so dringend gebraucht hätte. Verglichen mit der Ausquetscherei durch die große Demokratie war der russische Fragebogen ein Kinderspiel, und die meisten Fragen ließen sich sehr leicht beantworten.
Rechtschreibung war nicht gerade die Stärke der beiden Freundinnen, und schon oft hatte die eine oder andere von Mrs. Harris' Arbeitsgeberinnen verzweifelt zu ihrem Mann gesagt: «O Gott, es hat jemand angerufen, während wir fort waren. Mrs. Harris hat den Namen hier zwar aufgeschrieben, aber zu entziffern ist er nicht.»
Die beiden Frauen machten sich an die Schwerarbeit, die Fragebogen auszufüllen. Es ging nur langsam und mühevoll vonstatten, mit vielen Tintenklecksen, Streichungen und Verbesserungen, doch nach etwa einer halben Stunde, unterbrochen von allerlei Erörterungen, hatten sie es geschafft, und das Ergebnis war sogar fast durchweg lesbar.
Bei der längsten Debatte war es um die Frage nach ihrem Beruf gegangen. Beide schämten sich dessen nicht, womit sie ihr Brot verdienten, doch wie sollte man das für die Augen von Moskowitern formulieren? Es war schwer, die richtige Bezeichnung zu finden.
‹Aufwartung› war für Ausländer sicher unverständlich. Was dann? ‹Reinmachefrau›? ‹Scheuerfrau›? ‹Raumpflegerin›? Mrs. Harris kam zu dem Schluß, daß sie schließlich Putzfrau war und die da drüben sich damit würden abfinden müssen. Damit es jedoch etwas eindrucksvoller klang, schrieb sie in einem Anfall von Übermut unter ihren Namen in die Sparte ‹Beruf›: «Putz-Lady».

Mrs. Butterfield tat sich genauso schwer. Eine genaue Angabe ihrer Tätigkeit im ‹Paradise Club› würde zu weit führen. Was sollte sie schreiben? Mit Adas Hilfe kam sie schließlich auf «Damenbetreuerin».

Die Bewältigung dieser Aufgabe verschaffte den beiden das prickelnde Gefühl, eine Leistung vollbracht zu haben. Ada nahm die ausgefüllten Formulare und reichte sie dem jungen Mann am Schalter, der einen kurzen Blick darauf warf und sagte: «Sehr gut. Sobald die Visa ausgestellt sind, was etwa zwei Wochen dauern dürfte, bekommen Sie an die angegebene Adresse Bescheid. Bei der Pauschalreise 6A beginnt die Hinreise jeweils sonntags und dauert bis donnerstags, Abflug in Heathrow vormittags 10 Uhr 30, Ankunft in Moskau 15 Uhr. Dort wird ein Angestellter von Intourist Sie in Empfang nehmen und Ihnen sagen, in welchem Hotel Sie wohnen. Den genauen Abreisetermin können wir Ihnen leider erst dann mitteilen, wenn die Visa bewilligt sind. Danach können auch erst die Hotelzimmer gebucht werden. Aber Sie brauchen sich keine Sorgen zu machen – es wird alles bestens arrangiert.»

Sie waren in Hochstimmung, als sie das Reisebüro verließen. Mrs. Harris hatte mit weit größeren bürokratischen Schwierigkeiten gerechnet, insbesondere, was die Fragebogen betraf, doch alles war so glatt und reibungslos vonstatten gegangen, daß die freudige Erregung sowohl über das Einverständnis ihrer Freundin wie auch über die mühelose Bewältigung der vielen Formulare jeden Argwohn bei ihr zerstreute. Dabei hätte es sie mißtrauisch machen müssen, daß alles so glattgelaufen war. Das Leben hatte sie gelehrt, daß man vor allem dann auf der Hut sein mußte, wenn die Dinge zu glattliefen, wenn Wünsche rasch erfüllt wurden oder ehrgeizige Pläne sich im Handumdrehen verwirklichten. Doch schließlich war sie keine Hellseherin und konnte infolgedessen nicht wissen, was mit den Schriftstücken geschah, die sie und Mrs. Butterfield bei Intourist abgegeben hatten.

6

In einem Kapitel des demnächst erscheinenden Buches von Mr. Geoffrey Lockwood – einem Kapitel, das den Russen bestimmt nicht gefiel – hieß es, die UdSSR sei ein Staat, der partiell von einer Bürokratie lahmgelegt werde, die noch heute nach den gleichen rückständigen Methoden arbeite wie in den Tagen des ‹großen› Peter, der ‹großen› Katharina und anderer.

Nicht nur die linke Hand wisse nicht, was die rechte tue, sondern auch der linke Fuß habe keine Ahnung davon, was der rechte täte. Ohne jedes Verantwortungsgefühl betrachte sich jeder Regierungsbezirk als ein kleines, unabhängiges Königreich, in dem die Beamten bis hinauf zum Minister schalteten und walteten, wie es ihnen gerade in den Sinn komme. Die Folge sei, daß jede vernünftige, vom hohen Olymp des Parteipräsidiums ausgehende Anregung zur Lösung irgendwelcher Schwierigkeiten verwässert, ins Gegenteil verkehrt oder boykottiert werde oder für immer im Sumpf der Bürokratie versinke, ehe auch nur die geringste Chance für eine Durchführung bestünde.

Doch nicht nur das. Von einer kooperativen Zusammenarbeit könne, wie es Mr. Lockwood beißend formulierte, nirgendwo die Rede sein, und das durch Unwissenheit, Dummheit und mangelnde Ausbildung der Beamten bei den Behörden herrschende Chaos verdiene geradezu Bewunderung. Und dann zählte er einige der größeren Fehler auf, die schon wiederholt zu Mißernten oder Engpässen bei der Produktion von Konsumgütern geführt hatten.

Als ‹Fenster zum Westen›, und zwar als wichtigstes, diente der Sowjetunion ihr gigantisches Reisebüro Intourist, das besser funktionierte und leistungsfähiger war als andere derartige Institutionen; allerdings mußte sich Intourist im eigenen Lande mit Problemen abmühen, an denen das Reisebüro selbst keine Schuld trug, beispielsweise mußten die Reisenden feststellen, daß nichts klappte, sobald sie sich auf russischem Boden befanden, angefangen von Hotelzimmern, bestellten Taxis oder Theaterkarten. Auch die Sicherheitsorgane trugen bis zu einem gewissen Grade zu den erwähnten Schwierigkeiten bei. Es sah so aus, als könne jeder Rußland-Besucher bei seiner Rückkehr von irgendwelchen Unzulänglichkeiten berichten.

Die beiden Frauen hatten das Reisebüro in der Upper Regent Street kaum verlassen, als die zuständigen Mitarbeiter von Intourist sich in dem hinteren abgeteilten und dem Publikum nicht zugänglichen Raum zusammenfanden und sich daranmachten, sich durch die Krakelfüße auf den von Mrs. Harris und Mrs. Butterfield ausgefüllten Formularen hindurchzuwühlen; anschließend wurden die Fragebogen fotokopiert, jeder einzelne Punkt genau geprüft und aus dem ganzen Auszüge hergestellt, die zur Weiterleitung und Erledigung an die verschiedenen zuständigen Stellen bestimmt waren. Mit den Fragebogen würden sich das sowjetische Konsulat und die sowjetische Botschaft in London, die Hauptzentrale von Intourist in Moskau sowie das allmächtige für die Staatssicherheit zuständige KGB befassen, das unverzüglich eine elektronisch übermittelte Fotokopie der Originale erhielt.

Der Angestellte, der sich mit den ihn betreffenden Auszügen aus den Antragsformularen Harris/Butterfield zu beschäftigen hatte, sah sich mit einem Problem konfrontiert, das mit den Berufsangaben der beiden Frauen zu tun hatte, ihrem früheren Mädchennamen und anderen Angaben zur Person. Da er kurzsichtig war und schon längst eine stärkere Brille hätte haben müssen, führte die Entzifferung der bereits erwähnten Krakelfüße dazu, daß er seinen Vorgesetzten ein höchst bemerkenswertes Dokument vorlegte, aus dem hervorging, daß eine gewisse Lady Ada Harris Putz für sich und ihre Zofe Violet Butterfield Visa für eine fünftägige Moskau-Reise beantragte.

Er hatte nämlich Mrs. Harris kurzerhand in den britischen Adelsstand erhoben; denn da die Worte ‹Putz-Lady› ihm nichts sagten, nahm er an, daß die Reihenfolge nicht stimme, und machte unverzüglich ‹Lady Putz› daraus, worunter er sich etwas vorstellen konnte.

Jetzt kam die Reihe an Mrs. Butterfield. Wer war sie? Was war ihr Beruf? Dieses Problem bereitete ihm erhebliches Kopfzerbrechen, doch er löste es auf geniale Weise. Nachdem er Mrs. Butterfields Berufsangabe entziffert hatte, folgerte er messerscharf, daß eine Angehörige der englischen Aristokratie sich niemals ohne persönliche Bedienung auf Reisen begeben würde, und so wurde Mrs. Butterfield der Lady als Zofe zugeteilt.

Eine Kopie der Antragsformulare wurde dem Hauptbüro von Intourist in Moskau übersandt, das sofort Zimmer in einem Hotel der Touristenklasse reservieren ließ. Das Räderwerk begann sich zu drehen, damit Mrs. Harris und Mrs. Butterfield und die anderen Teilnehmer der Pauschalreise 6A in das festgefügte, unumstößliche Besucherprogramm eingefädelt wurden, das die Besichtigung sämtlicher Wahrzeichen der Stadt, der historischen Stätten, Denkmäler und aller möglichen Einrichtungen vorsah und natürlich an einem Abend auch den Besuch des Bolschoi-Theaters. Eine Sonderabteilung von Intourist hatte die Aufgabe, die Liste der jeweiligen Besuchergruppen daraufhin durchzusehen, ob sich jemand von Rang und Namen darunter befand. Dazu gehörte jeder, der einen Titel trug. Vor allem englische Aristokraten waren mit Samthandschuhen anzufassen, um sie in dem Glauben zu wiegen, der Große Russische Bär sei in Wirklichkeit ein zufrieden schnurrendes Kätzchen. Dieser Sonderabteilung stand ein ansehnlicher Geheimfonds zur Bewirtung der verschiedenen V.I.P.s und anderer Großkopfeter zur Verfügung. Alles konnte geboten werden: Kaviar, Champagner, Limousinen mit Chauffeur, Datschas auf dem Lande, Treibjagden, kurzum, Vergnügungen jeder Art. Zu einem bestimmten Zeitpunkt erreichte das Exzerpt mit dem Hinweis auf die bevorstehende Ankunft von Lady Putz nebst Zofe auch diese Sonderabteilung, wo sofort entsprechende Schritte eingeleitet wurden, um dem Rang und der Bedeutung der Besucher Genüge zu tun.

Dieses köstliche Durcheinander berechtigte, was die geplante Ferienreise der beiden Freundinnen anging, zu den schönsten Hoffnungen. Doch leider gab es einen Haken bei der Sache. Die für den Staatssicherheitsdienst bestimmten Fotokopien der Antragsformulare von Mrs. Harris und Mrs. Butterfield landeten auf dem Schreibtisch des Genossen Inspektor Waslaw Wornow, des Mannes mit dem Gedächtnis einer Elefantenherde; dabei hätte der Zufall sie ebensogut einem der fünf anderen ranggleichen Genossen in die Hände spielen können.

Die Anträge befanden sich in einem Stapel von rund fünfundzwanzig anderen Einreisegesuchen für die allwöchentliche Pauschalreise 6A von Intourist.

Genosse Wornow überflog die Papiere mit geübtem Blick und entdeckte unter den Namen keinen, der ihm verdächtig erschienen wäre. Es war unter den Antragsstellern kein Zeitungsmann, kein Geschäftsmann und auch kein Mitglied einer Handelsdelegation, kurz niemand, bei dem zu vermuten war, daß er so ganz nebenbei ein wenig Spionage betrieb. Es schien sich um eine Gruppe völlig harmloser Touristen zu handeln, die dennoch vorsichtshalber beim Verlassen des Flugzeugs mit einem verborgenen Teleobjektiv aufgenommen werden würden und anschließend unter ständiger Überwachung stünden, angefangen beim Reiseleiter von Intourist über das Hotelpersonal bis zu dem sogenannten ‹Hausdrachen›, jener bei jeder Hoteletage neben dem Aufzug sitzenden Frau, die den Gästen die Zimmerschlüssel aushändigt und von ihrem Platz aus das Kommen und Gehen genau beobachten kann.

Nichts Verdächtiges. Er griff schon nach dem Stempel, um ihn auf die Anträge zu drücken, als etwas ihn zögern ließ. Irgend etwas in seinem Kopf wollte keine Ruhe geben. Er spürte förmlich, wie sein Gedächtnis sich abmühte, ihn auf etwas aufmerksam zu machen, aber worauf? Auf einen Namen? Einen Beruf? Moment mal. Er saß ganz still da, dachte an nichts und öffnete sich innerlich dem, was sich da zu Worte melden wollte. Plötzlich trompetete der Elefant. Er hatte es! Es war ein Name: Mrs. Ada Harris. Stand dieser Name nicht in Zusammenhang mit dem des Marquis Hypolite de Chassagne, dem bekannten Erzfeind des russischen Volkes? Ja, das war's, und hier auf dem Antrag stand der Name Ada Harris und der ihrer Reisebegleiterin Violet Butterfield. Er nahm den Telefonhörer ab, ließ sich mit der Computer-Abteilung verbinden, nannte die beiden Namen und sagte: «Prüfen Sie, ob etwas vorliegt, und rufen Sie mich sofort an, sobald Sie das Ergebnis wissen.»

In der Computer-Abteilung kam man seinem Wunsch umgehend nach. Das Ungetüm machte sich an die Arbeit, Lämpchen leuchteten auf, es rasselte, und Sekunden später spie der Apparat eine Fülle von Informationen aus, die den Genossen Wornow, nachdem sie auf seinem Schreibtisch gelandet und von ihm durchgesehen worden waren, zutiefst befriedigten. Er hatte das Gefühl, sowohl Mütterchen Rußland als auch seiner eigenen Karriere dadurch einen entscheidenden Dienst geleistet zu haben, daß es ihm gelungen war, ein weiteres kapitalistisches Spionagekomplott aufzudecken. Er griff nach Kugelschreiber und Papier und verfaßte folgendes Memorandum:

An den Genossen Oberst Gregor Michailowitsch Dugliew, Leiter der Abteilung für Abwehr Ausländischer Spionage und für Innere Sicherheit.
Lieber Genosse Dugliew,
  ich freue mich, Ihnen mitteilen zu können, daß es mir gelungen ist, ein von britischer Seite inszeniertes Komplott aufzudecken, das zum Ziel hatte, als Touristen getarnte Spione in die Sowjetunion einzuschleusen, und zwar als ganz normale Mitglieder einer Reisegruppe, die am Sonntag, dem 26. August, aus London kommend in Moskau eintrifft. Nach den von unserem Computer gelieferten Daten hat eine Frau namens Ada Harris jahrelang Kurierdienste geleistet für eine Reihe von notorischen Gegnern der Sowjetunion, deren Dossiers ich Ihnen gesondert zusende. Es handelt sich um folgende Personen: Marquis Hypolite de Chassagne, über dessen antisowjetische Umtriebe Sie seit längerem informiert sind, Colonel Wallace, der als Captain Wallace ein Jahr als Militärattaché an der Britischen Botschaft in Moskau tätig war; die Familie Wyscinsky, berüchtigte polnische Emigranten, die seit vielen Jahren unablässig bemüht sind, die Revolution zu unterminieren; Joel Schreiber, ein amerikanischer Filmregisseur, der sich auf sowjetische Streifen spezialisiert hat; Sir Wilmot Corrison und Sir Oswald Dant. Sir Wilmot hatte bei der Ausweisung von rund hundert, gänzlich schuldlosen russischen Diplomaten aus London die Hand im Spiel, während es auf Sir Oswald Dants Konto geht, daß ein für uns sehr vorteilhaftes Handelsabkommen nicht zustande kam.
  Mrs. Harris hat mit den erwähnten Personen jahrelang in Verbindung gestanden. Als Tarnung hat sie sich den Beruf einer Raumpflegerin zugelegt, die im kapitalistischen Westen gebräuchliche Bezeichnung für eine Reinmachefrau. Dieser Trick ermöglichte es ihr, ihre verschiedenen Kontakte aufrechtzuerhalten. Wir wissen, daß sie 1958 in Paris war, um mit Chassagne zusammenzutreffen, und 1960 zusammen mit dem antisowjetischen Filmregisseur Schreiber nach New York gefahren ist und anschließend im Zusammenhang mit antisowjetischen Aktivitäten ganz Amerika bereist hat. Im Jahre

1965 wurde sie, als Anerkennung für die ihrem Land geleisteten Dienste, ins Parlament berufen, doch offenbar hat sie dieses Amt auf Befehl des Secret Service wieder niedergelegt, um weitere Aufgaben für den britischen Geheimdienst übernehmen zu können, und stets hat sie so getan, als sei der Job einer Reinmache- oder Putzfrau ihr Beruf. Und diese Bezeichnung hat sie auch in der entsprechenden Spalte ihres Visumantrags angegeben, wie Sie aus der beigefügten Fotokopie ersehen mögen.

Über ihre Reisebegleiterin, Mrs. Violet Butterfield, ist nichts bekannt; man muß annehmen, daß unsere Agenten in London äußerst nachlässig gearbeitet haben, da ihnen die Tätigkeit dieser fraglos gefährlichen Person entgangen ist. Allein die Tatsache, daß sie ihre Arbeit durchzuführen vermochte, ohne daß unsere Aufmerksamkeit erregt worden wäre, ist ein Beweis für ihre offenbar außerordentlichen Fähigkeiten.

Ich würde empfehlen, beiden Agentinnen das Einreisevisum zu bewilligen, um auf diese Weise den Charakter ihres Auftrages zu ermitteln und Näheres über die in London geschmiedeten neuen Komplotte in Erfahrung zu bringen. Selbstverständlich müssen beide Frauen während ihres Aufenthalts überwacht werden, doch erlaube ich mir, darauf hinzuweisen, daß ein besonderes Augenmerk auf die Person, die sich Mrs. Butterfield nennt, gerichtet werden sollte, die offenbar die gefährlichere von beiden ist, da sie ihre Tätigkeit bisher mit Erfolg geheimhalten konnte. Die Sonderabteilung wird Ihnen sobald als möglich Fotos und Informationen zur Verfügung stellen. Mit dem Ausdruck vorzüglicher Hochachtung bleibe ich, lieber Genosse Gregor Michailowitsch,

Ihr ergebener Diener
Waslaw Wornow, Inspektor, Abteilung für Abwehr Ausländischer Spionage und für Innere Sicherheit.

7

Zehn Tage später erhielten Mrs. Harris und Mrs. Butterfield von Intourist die Nachricht, daß die Visa erteilt seien und sie am Sonntag, dem 26. August, um 10 Uhr 30, mit Flug Nr. 101 der Aeroflot von London abfliegen würden. Sie wurden aufgefordert, sich in der Upper Regent Street die bereitliegenden Tickets, Reisedokumente und Merkblätter abzuholen.

Mrs. Harris machte sich angelegentlich in Geoffrey Lockwoods Nähe zu schaffen.

Sie trug ihre übliche Arbeitskleidung: Kittelschürze, Kopftuch und Filzpantoffel und hielt in der Hand den langstieligen Mop. Es kribbelte ihr in sämtlichen Fingerspitzen, die sensationelle Neuigkeit loszuwerden, doch sie fand keine Gelegenheit dazu. Mr. Lockwood las die Korrekturfahnen seines Buches *Rußland ohne Maske*.

Er hatte einmal zu ihr gesagt: «Kümmern Sie sich bloß nicht um mich, wenn Sie mich am Schreibtisch sitzen sehen, Mrs. Harris. Am besten tun Sie so, als sei ich gar nicht da.»

So hatte sie es oft gehalten. Manchmal saß Mr. Lockwood an seinem Schreibtisch und schrieb, manchmal las oder kritzelte er irgendwelche Notizen auf einen Zettel, oder er hatte, wie heute, lange Papierbogen vor sich und setzte mit rotem Kugelschreiber unbekannte Zeichen an den Rand. All das tat er mit äußerster Konzentration, ohne sich von Mrs. Harris, die um ihn herum Staub wischte, fegte und bohnerte, stören zu lassen. Nie hätte sie bei solchen Gelegenheiten gewagt, einen Schwatz mit ihm zu beginnen, mochte ihr der Sinn auch noch so sehr danach stehen. Heute jedoch mußte es einfach sein.

Zunächst polterte sie ein wenig mit ihrem Mop herum, obwohl es zu ihren unschätzbaren Vorzügen gehörte, so lautlos wie eine durchs Zimmer schleichende Katze zu arbeiten. Sie hoffte, Mr. Lockwood würde aufsehen und sagen: «Geht's nicht ein bißchen leiser, Mrs. Harris?», aber er tat es nicht. Die sprachliche Mächtigkeit seiner eigenen Prosa nahm ihn völlig gefangen. So blieb sie dicht bei seinem Schreibtisch stehen und starrte ihn mit hypnotischem Blick an. Man müsse nur die nötige Ausdauer aufbringen, hatte sie irgendwo gelesen, dann spüre der andere den Blick und hebe den Kopf. Mr. Lockwood tat es nicht.

Und so mußte passieren, was passiert: die Last war einfach zu schwer, um weiterhin allein getragen zu werden, und Mrs. Harris platzte mit der Neuigkeit heraus. «Mr. Lockwood, ich fliege nach Rußland. Ich und meine Freundin, Mrs. Butterfield. Die Tickets haben wir schon.»

Mein Gott, dachte Mr. Lockwood, *diese Korrektoren scheinen wirklich alle blind zu sein.* Und er machte aus dem Buchstaben ‹r› in dem mysteriösen Wort ‹drs› ein kleines ‹a›. Und doch war es ihm nicht entgangen, daß auch irgendwelche Worte aus der Außenwelt an sein Ohr gedrungen waren, ja, sogar wohl ein ganzer Satz. Da es sich jedoch um eine unterschwellige Wahrnehmung handelte, sagte er: «Das freut mich für Sie.» Erst in diesem Augenblick registrierte sein Gehirn nachträglich ein Wort des Satzes, möglicherweise, weil es mit seiner augenblicklichen Arbeit zu tun hatte, und so hob er den Kopf und fragte: «Wie? Was? Wohin?»

Die Bresche war geschlagen, und nun strömte es aus Mrs. Harris heraus: «Nach Rußland, nach Moskau. Für fünf Tage. Wir haben die Reise auf einer Tombola gewonnen. Tickets und alles haben wir schon. Mit dem Flugzeug. Nächsten Sonntag geht's los. Ich habe schon überall Bescheid gesagt, nur noch nicht bei Ihnen, weil das doch etwas anderes ist, Sie wissen schon...» Hier verstummte sie unvermittelt, richtete jedoch den Blick auf die Fotografie des jungen Mädchens, die seit dem Tag, an dem Mrs. Harris Mr. Lockwood gebeten hatte, sie nicht wegzutun, auf dem Schreibtisch stand.

Mr. Lockwood legte den Kugelschreiber aus der Hand und sah Mrs. Harris verwirrt an; er war sehr blaß geworden und sagte ein wenig zusammenhanglos: «Wie... Nach Moskau... Sie? Wer ist Mrs. Butterfield? Und was heißt Tombola? Ich verstehe nicht...»

Doch er verstand sehr wohl, hatte sie sehr gut verstanden. Alle Farbe war aus seinem Gesicht gewichen, so stark waren die Empfindungen, die auf ihn einstürmten: Hoffnungen, Ängste, Sehnsüchte und in weiter Ferne der kaum ernst zu nehmende Gedanke an die Möglichkeit einer rettenden Lösung. Vor ihm stand diese quicklebendige, ältliche Frau, die nur dann in seinen Lebensbereich eintrat, wenn sie zum Saubermachen seiner Wohnung kam, die sich ihm gegenüber stets gleichbleibend verhalten hatte, bis auf das eine Mal, das er am liebsten ungeschehen gemacht hätte, als er ihr seine unglückliche Liebesgeschichte anvertraut und sie ihm so mitfühlend zugehört hatte. Da stand sie, auf ihren Staubbesen gestützt, um den Kopf ein Tuch, angetan mit ihrer unscheinbaren Arbeitskleidung, und teilte ihm – wenn er seinen Ohren trauen durfte – mit, daß sie am Sonntag gegen Abend in Moskau wäre. Das ungewöhnliche Leuchten in ihren Augen machte das Unglaubhafte glaubhaft. Moskau! Liz! Die Möglichkeit, mit ihr Kontakt aufzunehmen! Er sah Mrs. Harris noch immer verwirrt an. Das war natürlich völlig ausgeschlossen. Er nahm mit zitternder Hand eine Filterzigarette aus dem Kästchen auf seinem Schreibtisch, steckte sie verkehrt herum zwischen die Lippen und hielt ein Streichholz dran. Unmöglich!

Ada Harris mit ihrem gewitzten Köpfchen konnte in seiner Seele lesen wie in einem offenen Buch; ihr entging kein Wechsel seiner Gesichtsfarbe, keine fahrige Bewegung, keine Nuance seines Mienenspiels. Sie wußte genau, was er dachte, denn es war das gleiche, was auch ihr im Kopf herumging.

Endlich fand Mr. Lockwood seine Sprache wieder. «Können Sie mir das bitte noch einmal wiederholen, Mrs. Harris? Haben Sie wirklich Moskau gesagt?»

«Ja. Pauschalreise 6A», erwiderte Mrs. Harris. «Ich kann Ihnen die Prospekte mitbringen, wenn es Sie interessiert. Die Sache ist richtig spaßig. Ich hatte mir ein Los gekauft, weil ich so gern einen Farbfernseher gewinnen wollte, und statt dessen . . .» Sie hielt inne, da Mr. Lockwoods neuerliche Fahrigkeit offensichtlich mit einer Äußerung von ihr zu tun hatte. Er packte die Zigarette, um sie aus dem Mund zu nehmen, am brennenden Ende, warf sie fluchend auf den Boden, trat heftig mit dem Fuß darauf und schüttelte seine versengten Finger; sein Gesicht, eben noch totenblaß, wurde plötzlich feuerrot, und er stützte den Kopf in die Hände. Mrs. Harris hielt den Zeitpunkt für gekommen, wenn auch nicht mit allem, was ihr in ihrer Phantasie so vorschwebte, so doch mit dem Teil herauszurücken, den jedermann nur vernünftig finden konnte. Sie sagte: «Ich könnte doch versuchen, Verbindung mit der jungen Dame aufzunehmen . . .» Sie starrte das Bild auf dem Schreibtisch an. «Ich könnte ihr doch einen Brief oder eine Nachricht überbringen, meinen Sie nicht?»

Mr. Lockwood war bis ins Innerste aufgewühlt; mit leisem Stöhnen nahm er die Hände von der fieberheißen Stirn und sagte: «Oh, Mrs. Harris, ist das wahr? Würden Sie das für mich tun? O mein Gott, ein Brief! Das würde für sie, für uns beide einen Halt bedeuten. Wir wären miteinander in Verbindung. Eine Brücke wäre geschlagen!»

Doch gleich darauf kam die Ernüchterung, und er fuhr in dumpfem Ton fort: «Aber das Ganze ist natürlich völlig unmöglich. Es ist sehr freundlich, daß Sie mir das anbieten, Mrs. Harris, aber ich kann das nie und nimmer annehmen.»

«Warum nicht?»

«Es ist zu gefährlich.»

«Zu gefährlich?» sagte Mrs. Harris spottend. «Aber was soll daran gefährlich sein, Mr. Lockwood? Die Leute bei Intourist waren so nett und höflich, die haben alles für uns arrangiert, die ganze Reise mit allem Drum und Dran. Verlassen Sie sich auf mich, Mr. Lockwood, ich mach das schon. Ich werde mich mit der jungen Dame treffen und ihr den Brief zustecken. Wer soll das schon bemerken?»

Mr. Lockwood, der sich inzwischen wieder einigermaßen in der Gewalt hatte, sagte: «Mrs. Harris, den Russen liegt das Mißtrauen im Blut. Die wittern überall Spione. Nichts läßt sie mehr rot sehen als der Versuch eines Ausländers, heimlich mit einem Sowjetbürger Kontakt aufzunehmen. Man wird Sie . . .» Es lag ihm auf der Zunge, ihr zu sagen, von dem Augenblick an, da sie russischen Boden betrat, werde sie ständig überwacht, doch dann fiel ihm ein, daß es Unsinn sei, ihr Angst zu machen und ihr damit womöglich den Urlaub zu verderben, zumal die Überwachung der Touristen völlig unauffällig und reine Routinesache war und keine Belästigung darstellte.

Doch neben diesen Überlegungen sah er den Brief an Lisaweta Nadjeschda Borowaskaja im Geiste bereits vor sich; ihm war, als versengten die flammenden Worte schon das Papier. Lisaweta, Liz,

Liz, Liz ... auch sein Blick richtete sich nun auf das Bild des schönen Mädchens. Ers sagte: «Falls man den Brief bei Ihnen findet, werden Sie die größten Unannehmlichkeiten haben ... und Liz ebenfalls.»

Je länger er sprach, desto mehr nahm Mrs. Harris' Zuversicht und Entschlossenheit zu. Die Übermittlung einer Nachricht hatte in ihren Gedanken im Grunde keine allzu große Rolle gespielt, ihre Phantasie war weit mehr von dem Wunsch beflügelt worden, Liz außer Landes zu bringen. Und nun tat Mr. Lockwood so, als sei selbst eine harmlose Briefübergabe – deren Gefährlichkeit ihr im übrigen keinen Augenblick lang einleuchten wollte – eine Staatsaktion. Sie stellte den Mop beiseite, trat näher an den Schreibtisch heran und sagte: «Aber Mr. Lockwood, wer soll sich schon für jemand wie mich interessieren, eine alte Putzfrau, die mit ihrer Freundin und einer ganzen Anzahl anderer Touristen nach Moskau fährt, um die Sehenswürdigkeiten zu bestaunen? Glauben Sie denn, daß ich mit dem Brief in der Hand dastehe und die junge Dame durch Lautsprecher ausrufen lasse? Ich bin doch nicht auf den Kopf gefallen, Mr. Lockwood. Das hier ist eine einmalige Gelegenheit für Sie.»

Mr. Lockwood gab nach. Er sagte: «Mrs. Harris, wenn Sie das für mich täten .... ich würde es Ihnen bis an mein Lebensende nicht vergessen. Mir war nicht klar, daß Sie ja die ganze Zeit mit Ihrer Reisegruppe zusammen sind.»

«Also abgemacht!» sagte Mrs. Harris höchst zufrieden. «Sobald Sie mir den Brief geben, werde ich ...»

«Ich setze mich sofort hin und schreibe ihn», sagte Mr. Lockwood. «Ich werde Ihnen den Brief nicht nur anvertrauen, ich werde ihn Ihnen auch vorlesen.»

«Vorlesen!» rief Mrs. Harris aus. «Nein, das kommt nicht in Frage. Ich stecke meine Nase nicht in die Privatangelegenheiten anderer Leute.»

«Aber in meinem Fall müssen Sie es tun», beharrte Mr. Lockwood und setzte sich an die Schreibmaschine. «Sie kennen die ganze Geschichte. Damit es für Liz leichter ist, schreibe ich ihr auf russisch. Aber es wäre nicht korrekt von mir, Ihnen einen Brief mitzugeben, dessen Inhalt Sie nicht kennen und von dessen Harmlosigkeit Sie sich nicht überzeugen konnten.»

Mrs. Harris faltete die Hände über der Kittelschürze; ihre verschmitzten Äuglein sprühten. Ihr war, als lege sich die Liebe mit all ihrer Romantik wie ein Heiligenschein um ihr Haupt.

«Übrigens», sagte sie, «wie kann ich Miss Liz eigentlich finden?»

Mr. Lockwood sah von der Maschine auf; er hatte gerade einen Bogen Schreibpapier eingespannt. Er erwiderte: «Das ist ganz einfach. Sie haben vielleicht bemerkt, wie mir das Herz klopfte, als Sie die

Nummer Ihrer Pauschalreise erwähnten, denn Liz betreut als Intourist-Fremdenführerin die Gruppenreise 6A nach Moskau.»

Wie so viele hervorragende Schriftsteller schrieb Mr. Lockwood miserable Liebesbriefe; von seinem sonst so anspruchsvollen literarischen Geschmack und seinem glänzenden Stil war nichts zu merken. Da standen Sätze wie: «Ich dachte, ich würde verrückt, als ich Dich nicht mehr sehen durfte» und «Es gab und gibt für mich nur Dich, und nie wird jemals ein anderer Mensch in meinem Herzen wohnen als Du, meine einzig Geliebte», und so ging es noch seitenlang weiter mit ähnlich honigsüßen Floskeln und Erklärungen darüber, wie es zu seiner Abschiebung aus Rußland gekommen war und daß er ‹Himmel und Erde in Bewegung setzen› wolle, um die Trennung zu beenden. Er brauchte eine weitere Seite, um sie seiner ‹großen, unsterblichen Liebe› zu versichern.

Doch als er Mrs. Harris den Brief dann vorlas, fand sie jedes einzelne Wort einfach ‹himmlisch›, und ein süßer Schauer erfaßte sie, und sie hatte das Gefühl, auf Flügeln davongetragen zu werden. Ein bißchen war es so, als würden die Worte ihr gelten.

Ein paarmal schniefte sie hörbar, und ihre Augen füllten sich mit Tränen, während sie diesen aus dem Herzen kommenden Worten lauschte, die von ewiger Liebe sprachen. Wenn der Gedanke, Liz durch den Eisernen Vorhang zu schleusen, bisher nur so eine Art rosenfarbener Tagtraum gewesen war, so wurde er jetzt zu einem unumstößlichen Entschluß.

Natürlich hätte Mr. Lockwood, wenn er auch nur die leiseste Ahnung von diesem Plan gehabt hätte, der ganzen Sache sofort einen Riegel vorgeschoben, aber wie sollte er bei seiner kleinen, zierlichen Putzfrau auf eine solche Vermutung kommen? Auf jeden Fall war er vernünftig genug, gewisse Vorsichtsmaßregeln zu treffen, die sowohl Mrs. Harris wie auch Liz schützen sollten. Er faltete den Briefbogen, der weder Anrede noch Unterschrift trug, zusammen, steckte ihn in einen ganz gewöhnlichen Umschlag ohne Adresse, und die Art, wie er die gummierte Umschlagklappe anfeuchtete, war wie ein Kuß, den er der Dame seines Herzens übersandte. Zu Mrs. Harris sagte er: «Sie sehen, ich habe den Brief weder unterzeichnet noch adressiert oder sonstwas, und sollte er jemand anderem in die Hände fallen als der Person, für die er bestimmt ist...»

«Das wird er nicht», sagte Mrs. Harris energisch, «darauf können Sie Gift nehmen. Machen Sie sich keine Sorgen.»

«Ich weiß», sagte Mr. Lockwood und versicherte ihr immer wieder, wie unendlich dankbar er ihr sei. Abschließend fügte er hinzu: «Sobald Sie das erste Mal mit ihr allein sind, sagen Sie ihr nur, von wem der Brief kommt und wieso es dazu kam. Übrigens, brauchen Sie

Geld . . . Darf ich Ihnen . . .?» und er griff nach seiner Brieftasche.

«Nein, nein, Sir», protestierte Mrs. Harris, «keinen Penny. Es ist alles bezahlt, und wir haben alles, was wir brauchen.» Es kam gar nicht in Frage, daß die leuchtende Schönheit dieser Romanze und ihr Anteil daran durch schnöden Mammon verdunkelt wurde.

8

Am Sonntagmorgen spannte sich ein azurblauer Himmel über London. Es war einer jener wunderbaren klaren Tage, wie sie vom himmlischen Management dann und wann geliefert werden, wenn den Bewohnern des Planeten Erde vor Augen geführt werden soll, daß das Leben längst nicht so schlecht ist, wie sie vielleicht meinen.

Mrs. Harris und Mrs. Butterfield hatten ihre Koffer gepackt und waren reisefertig.

Ada sah aus, als würde sie im Geld schwimmen. Sie trug ein dunkelblaues Kostüm des königlichen Hoflieferanten Norman Hartnell, und dazu eine weiße Bluse; die Lackschuhe waren von Rayne, während Handschuhe und Handtasche, beide in weiß, von Asprey in der Bond Street stammten. Ihre elegante Toque war ein Kunstwerk der teuersten Putzmacherin Londons.

Doch das Geld, das all diese Sachen gekostet hatte, war nicht Adas Geld gewesen. Sie hatte jedes einzelne Stück ihrer Ausstattung von den Damen geschenkt bekommen, bei denen sie seit vielen Jahren in Lohn und Brot stand: Lady Dant, Gräfin Wyczinsky, Mrs. Schreiber und Lady Corrison. In einem Anfall von Freigebigkeit oder weil ihnen ein bestimmtes Kleid nicht mehr gefiel, hatten sie Ada dies und jenes großmütig überlassen.

Mrs. Butterfield hatte es irgendwie geschafft, ihre Rundungen in dem schlichten Reisekleid unterzubringen, das Mrs. Schreiber ihr damals, als sie und Ada mit den Schreibers nach Amerika gefahren waren, geschenkt hatte, und sie sah darin recht ordentlich und gepflegt aus und stellte für Ada die ideale Begleiterin dar.

Jede von ihnen hatte zwei Gepäckstücke, an denen blau-weiße Aufkleber baumelten, und in der Handtasche, neben Ticket und Reisepaß, einige Intourist-Prospekte sowie eine schmale Broschüre mit genauen Anweisungen für die Reisenden, die Mütterchen Rußland einen Besuch abstatten wollten, wie sie sich nach der Ankunft in Moskau zu verhalten hatten und was sie tun und was sie nicht tun durften.

Erst im letzten Augenblick, als das Taxi, das sie zum Westlondon Air Terminal in der Cromwell Road bringen sollte, schon vor der Tür wartete, entnahm Mrs. Harris der Suppenterrine auf dem Bufett verstohlen einen verschlossenen Umschlag und steckte ihn, als sei es die selbstverständlichste Sache der Welt, in die teure weiße Lederhandtasche, die von Lady Dant stammte.

Mrs. Butterfield, deren Nerven aufs äußerste gespannt waren angesichts der unmittelbar bevorstehenden Abreise in ein Land, aus dem es, wie sie tief im Innern überzeugt war, keine Wiederkehr gab, war diese Heimlichkeit nicht entgangen, und sie fragte: «Was ist das?»

Mrs. Harris entgegnete so beiläufig wie möglich: «Nichts. Nur ein Brief.»

Wäre Mrs. Butterfield mit Alarmglocken behängt gewesen, hätte es jetzt geklungen, als raste ein Dutzend Feuerwehrwagen zum Einsatz. «Ein Brief», rief sie. «Für wen? Was steht da drin? Warum steckst du ihn in deine Handtasche? Weshalb war er in der Suppenterrine versteckt? Ada Harris, was verheimlichst du mir da?»

Normalerweise hätte Mrs. Harris auf diese inquisitorischen Fragen entweder eine patzige Antwort gegeben oder es vorgezogen zu schweigen. Doch da sie noch immer leichte Gewissensbisse fühlte, daß sie ihre Freundin in ein Land mitschleppte, in das sie gar nicht wollte, besann sie sich. Es war ihr nicht entgangen, daß Mr. Lockwood die geplante Briefübergabe unbehaglich war und er sie nur ungern mit dieser Mission belastete. Und nicht genug damit – es standen hier auch ethische Grundsätze auf dem Spiel, von denen Mrs. Harris auf keinen Fall abweichen wollte. Sie hatte neulich ihrer Freundin zum Vorwurf gemacht, daß sie versucht hatte, ihr die Schließung des Nachtclubs zu verheimlichen, und jetzt beabsichtigte sie, Ada Harris, Mrs. Butterfield gegenüber zu verheimlichen, daß sie sich als Postillon d'amour für Mr. Lockwood betätigte.

«Nun rauf dir nicht gleich die Haare», sagte sie, «das steht gar nicht dafür. Es handelt sich um einen Brief von Mr. Lockwood an ein Mädchen in Moskau, das er über alles liebt und mit dem er sonst nicht in Verbindung treten kann. Die beiden sind schon halbtot vor Kummer und Sehnsucht.» Und sie erzählte Violet in aller Kürze von dem Schicksal, das Geoffrey Lockwood und seine Liz erleiden mußten.

Mrs. Butterfield kam gar nicht dazu, sich die Haare zu raufen – sie standen ihr bereits zu Berge. Mit ausgestrecktem Zeigefinger näherte sie sich Mrs. Harris und sagte laut und vernehmlich: «Ada Harris, du legst diesen Brief sofort dorthin zurück, wo du ihn hergeholt hast. Hast du denn auf deine alten Tage den Verstand verloren? Du mußt doch wissen, was in Rußland mit Leuten geschieht, die heimlich irgendwelche Briefe einschmuggeln? Ich sehe uns schon für den Rest unseres Lebens bei Wasser und Brot eingesperrt. Ich habe gerade gelesen, daß man nicht mal eine Bibel mitnehmen darf. Und wenn sie schon bei Gottes Wort so streng sind, und sie finden bei uns einen Brief ... Nicht auszudenken. Entweder legst du ihn sofort wieder zurück, oder du kannst allein fahren!» Und wie zur Bekräftigung ihres Entschlusses hob sie beide Arme und griff nach ihrem Hut.

Der Gedanke an den laufenden Taxameter steigerte Adas Erbitterung, und sie sagte aufgebracht: «Violet Butterfield, du bist eine dumme Gans. Ich habe keine Bibel bei mir und du auch nicht. In diesem Brief steht nichts, was nicht jeder lesen könnte. Und außerdem steht weder Name noch Adresse auf dem Umschlag, und eine Unterschrift trägt er auch nicht. Da hat einfach ein armer Teufel dem Mädchen, das er liebt und längst verloren glaubte, sein Herz ausgeschüttet. Ich habe ihr Foto gesehen und weiß von ihr weiter nichts, als daß sie Liz heißt und daß sie unsere Fremdenführerin sein wird. Wenn wir einen Augenblick unbeobachtet sind, steck ich ihr den Brief zu. Was soll daran Schlimmes sein?» Den Gedanken, was Mrs. Butterfield wohl sagen würde, wenn sie auch nur im geringsten ahnte, was ihre Freundin Ada Harris insgeheim plante, sobald sie mit Liz Kontakt aufgenommen hätte, schob sie beiseite. Statt dessen griff sie nach ihren Gepäckstücken, ging in Richtung Wohnungstür und ließ Mrs. Butterfield stehen, wo sie stand – mitten im Zimmer. Somit sah sich leztere zu einer recht unrühmlichen Kapitulation genötigt; sie griff nach ihrem Gepäck und folgte Mrs. Harris auf die Straße, wobei sie unentwegt vor sich hin murmelte: «Der reine Selbstmord, nichts anderes. Völlig plemplem. Jeden Tag berichten die Zeitungen von Leuten, die hinter dem Eisernen Vorhang mit verdächtigen Papieren erwischt wurden. Das kann zu nichts Gutem führen.»

Im Taxi brummelte sie immer weiter, bis Ada schließlich sagte: «Vi, bitte hör jetzt auf. Schließlich wollen wir uns auf dieser Reise amüsieren.» Darauf saßen beide den ganzen Weg bis zum Flugplatz schweigend nebeneinander – ein nicht gerade vielversprechender Auftakt für sorglose Urlaubstage. Mrs. Butterfield ließ Mrs. Harris' Handtasche nicht aus den Augen. Sie schien zu glauben, es sei eine Bombe darin.

Zur damaligen Zeit war Heathrow Airport selbst für erfahrene Reisende eine Nervenprobe. Als die beiden Damen ausstiegen, fanden sie sich unerwartet inmitten jener verwirrenden Atmosphäre, die vor dem Eingang eines jeden internationalen Flughafens herrscht: zuklappende Autotüren, vorbeirumpelnde Gepäckwagen, schreiende Kinder, unverständliche Lautsprecherdurchsagen – die ganze lärmende Unruhe an der Peripherie des modernen Flugverkehrs. Doch im Flughafengebäude selbst, wo die verschiedenen Präliminarien vor Antritt einer Flugreise – wie Wiegen des Gepäcks und Ausgabe der Bordkarten – und die Unsicherheit über die vielen Hinweisschilder ohnehin eine hektische Stimmung erzeugen, war alles noch weit verwirrender.

Denn es war gerade eine Zeit heftigster Bombenattentate von seiten der I.R.A. in London, als die beiden Damen nach Moskau flogen. Es konnte sein, daß ein gewöhnlicher Brief eine Bombe enthielt, daß in den Warenhäusern an der Oxford Street Brandbomben gelegt, in Hauseingängen harmlos aussehende Pakete gefunden wurden, die mit tödlicher Gewalt explodierten, und niemand wußte zu sagen, ob ein am Straßenrand geparkter Wagen nicht plötzlich mit Donnergetöse in die Luft flog. Aktionen bewaffneter Stadtguerillas und Sabotageakte waren an der Tagesordnung. In Heathrow wimmelte es förmlich von Polizisten, Kriminal- und Sicherheitsbeamten.

Mrs. Harris nahm die geladene Atmosphäre sofort wahr, sagte jedoch nichts, um ihre Freundin nicht noch mehr zu beunruhigen, doch Violet, gleichermaßen ein Kind aus dem Volk, besaß ihre eigenen, präzise funktionierenden Seismographen und fragte, kaum daß sie die Halle betreten hatten: «Ada, was ist hier los? Warum stehen hier so viele Polizisten rum?»

Sie steuerten auf den Zeitungsstand zu, um sich die Morgenblätter zu kaufen, doch bevor Mrs. Harris ihr irgendeine beruhigende Antwort geben konnte, kam es unglücklicherweise zu einem Zwischenfall mit einem jungen Mann in schmuddeligen Jeans und einer noch schmuddeligeren Lederjacke.

Bärtig, mit langen, ungepflegten Haaren und wildem Blick, trug er in der Hand einen jener mit der britischen Flagge bedruckten Einkaufsbeutel, von denen in letzter Zeit in der Presse immer wieder die Rede war. Wie aus dem Nichts standen plötzlich zwei kräftige Kriminalbeamte neben ihm. Während der eine seine Dienstmarke vorzeigte, sagte er in sehr bestimmtem Ton: «Entschuldigung, Sir, dürfen wir einen Blick in ihre Tüte werfen?»

Violet piepste: «Mein Gott, sieh dir das an! Was ist denn da los?»

Der junge Mann übergab den beiden Detektiven widerspruchslos die Tragetüte – sie enthielt zwei Äpfel, eine halbe Salami, zwei schmutzige Hemden, vier Paar ebenso schmutziger Socken, ein zweites Paar Segeltuchschuhe sowie einige Toilettensachen. Der Beamte gab ihm die Tüte wieder zurück. «Entschuldigen Sie, Sir, reine Routinesache. Sie wissen schon.»

«Wonach suchen die?» fragte Violet. Mrs. Harris, inzwischen auch schon etwas nervös, hätte am liebsten geantwortet: «Nach Bomben, Flugzeugentführern, I.R.A.-Mitgliedern und Arabern. Denn in diesen Tüten schleppen die die Bomben mit sich rum», doch da sie das ängstliche Gesicht ihrer Freundin kannte, unterließ sie es und bemerkte lediglich: «Sah doch irgendwie verdächtig aus, der Kerl.»

Mrs. Butterfield war noch immer außerstande, den Brief, den ihre Freundin mit sich herumtrug, gelassen hinzunehmen; sie stellte ihn inzwischen auf eine Stufe mit den Bomben, nach denen die Polizei so eifrig fahndete, und so fing sie erneut davon an. «Ada, stell dir bloß vor, die beiden Polizisten hätten verlangt, du sollst deine Handtasche aufmachen, und sie hätten den Brief gefunden! Du wärst in Handschellen abgeführt worden, und zwar in Null Komma nichts.»

Mrs. Harris lag es auf der Zunge zu sagen: «Dummes Zeug, Vi! Wir sind doch hier nicht in Rußland», unterließ es aber, da das, was sich hier abspielte, auch nicht gerade als typisch britisch zu bezeichnen war. Außerdem hielt Vi sich immer noch dran.

«Los, Ada, zerreiß ihn und wirf ihn weg. Halte dich aus der Sache heraus. Da drüben ist ein Papierkorb. Wenn du das Mädchen triffst, kannst du ihr das über ihren Freund doch alles mündlich erzählen.»

Um des lieben Friedens willen war Mrs. Harris einen Augenblick lang fast bereit, dem Vorschlag zu folgen, doch der Zufall wollte es, daß zwei in der Halle umherschlendernde Beamte neben dem drahtgeflochtenen Papierkorb stehenblieben und ihren prüfenden Blick über die Menschen gleiten ließen. Was hätte einer wohl in Zeiten zu gewärtigen, wo man sich schon durch das Tragen einer Einkaufstüte verdächtig machte, wenn man ihn dabei erwischte, wie er heimlich einen verschlossenen Brief wegwarf? Noch dazu einen Liebesbrief, der so etwas an sich hat, das es einem verbietet, sich seiner auf diese Weise zu entledigen? Im Grunde trug sie ja nicht einen Brief bei sich, sondern ein Stück von Mr. Lockwoods Herzen.

Der Lautsprecher kam Ada zu Hilfe, er forderte die Passagiere des Fluges 101 von Aeroflot nach Moskau auf, die Pässe bereitzuhalten und sich durch die Sicherheitskontrolle in die Abflughalle zu begeben.

Ada sagte: «Das sind wir, Vi. Komm, es geht los.» Während ein dickes Menschenknäuel der Aufforderung gehorsam Folge leistete, fanden die Freundinnen zum erstenmal Gelegenheit, einen flüchtigen Blick auf ihre Mitreisenden zu werfen, an denen selbst Mrs. Butterfield nichts Bedrohliches zu entdecken vermochte. Es waren überwiegend Leute aus dem Mittelstand oder ältere Menschen, darunter ganze Gruppen, die Anstecknadeln trugen, mit denen sie sich als Bewunderer des Sowjetparadieses zu erkennen gaben, ferner einige Arbeiter, vermutlich irgendwelche betriebliche Vertrauensmänner, die sich drüben darüber informieren wollten, wie sie der englischen Industrie noch mehr Ärger machen konnten. Mrs. Harris politische Einstellung war die ihrer Brotgeber.

Die Paßkontrolle ging rasch und ohne Aufenthalt vor sich, doch dann sahen sie sich von mehreren Flughafen-Hostessen zur Seite genommen und zu einer Tür geleitet, die in einen kleinen, vor der

Abflughalle gelegenen Raum führte, wo an einem langen Tisch fünf oder sechs Polizisten saßen, darunter zwei Frauen. Der Anblick der Blauuniformierten genügte, um Mrs. Butterfield erneut in heftigste Erregung zu versetzen. Sie klammerte sich an Adas Arm und flüsterte mit zitternder Stimme: «Polizei! Was ist los? Habe ich dir nicht gesagt, die wissen von diesem verflixten Brief? Jetzt sind wir dran.»

Ada schüttelte Violet ab und zischte ihr zu: «Sei doch um Gottes willen still, Vi. Hier muß jeder durch, das siehst du doch. Es besteht nicht der geringste Grund zur Aufregung.»

Obwohl Mrs. Harris noch nie eine solche Flughafenkontrolle mitgemacht hatte, wußte sie doch von ihren Kunden, wie lästig die ganze Fliegerei geworden war. Es handelte sich um weiter nichts als um eine Routinekontrolle, die inzwischen jeder Luftreisende – es sei denn, er hätte eine .38er oder eine Handgranate bei sich – geduldig über sich ergehen läßt, ja, sogar mit einer gewissen Erleichterung über die getroffenen Vorsichtsmaßnahmen, die ihm die Sicherheit geben, daß sein Nachbar nicht am Ende schwer bewaffnet war.

Handgepäck, Handtaschen, Brieftaschen und Pakete wurden rasch, jedoch gründlich durchsucht und ihren Besitzern zurückgegeben. Anschließend mußten sie zwischen zwei uniformierten Männern hindurchgehen, die die Reisenden von Kopf bis Fuß mit elektronischen Geräten abtasteten, um festzustellen, ob der Reisende nicht etwa am Körper oder in der Kleidung ein verborgenes Schießeisen bei sich trug. Bei einem Fluggast gab das Gerät ein schwaches Piepen von sich, doch die umgedrehten Manteltaschen enthielten nichts Gefährlicheres als einen ungewöhnlich großen Schlüsselbund.

Als der Beamte nun Mrs. Harris Handtasche öffnete und der ominöse Brief zwischen all den Prospekten sichtbar wurde, bot Mrs. Butterfield ein Bild des Jammers: ihr winziger Mund zitterte, alles Blut war aus ihrem runden, glühenden Gesicht gewichen, und der Schweiß stand ihr auf der Stirn. Falls die Polizei nach jemand Ausschau hielt, der sich durch auffälliges, nervöses Gebaren verdächtig machte, so hatte sie hier ein Paradebeispiel vor Augen.

Aber die Beamten waren bloß auf der Suche nach kleinkalibrigen Kanonen, und als sich in der Handtasche der beiden Damen nichts Derartiges fand, gaben sie sie ihnen wieder zurück.

In ihrer Aufregung merkte Mrs. Butterfield zunächst nicht, daß der Beamte die Taschen vertauscht hatte, ihr also Adas Tasche ausgehändigt worden war, und umgekehrt. Erst als sie bei den Männern mit den Spürgeräten anlangten, wurde ihr klar, daß nunmehr *sie* den Brief bei sich trug.

Da stand die nun zitternd und zaghaft, und das Herzklopfen, das sie hatte, war offenbar völlig gerechtfertigt, denn als die Männer mit den

Abtastgeräten die übliche kleine Pantomime rund um Violets ausgeladene Formen vollführten, gaben beide Geräte anhaltend laute, triumphierende Geräusche von sich.

Mrs. Butterfields Brust entrang sich ein gepeinigtes Stöhnen. «O mein Gott, der verflixte Brief.» Dann schwanden ihr die Sinne, und sie sank ohnmächtig zu Boden. Selbst jetzt noch setzten beide Spürgeräte mit ihren Jubelrufen fort.

Mrs. Harris starrte voll Schreck auf ihre Freundin. Sollte sie etwa so töricht gewesen sein, heimlich eine Waffe einzustecken, nachdem sie, Ada, ihr Mr. Lockwoods Geschichte erzählt hatte? Aber nein, sie hatte von dem Brief ja erst im letzten Augenblick erfahren.

Die Polizisten, tüchtig wie sie waren, taten in aller Ruhe, was nötig war. Sie bemühten sich um Mrs. Butterfield und hielten ihr ein Fläschchen mit Riechsalz unter die Nase. Als sie wieder zu sich kam, halfen die beiden Polizistinnen ihr auf die Beine und führten sie in einen Nebenraum. Als Ada mitgehen wollte, hieß es, nein, das dürfe sie nicht.

«Na, hören Sie mal! Das ist meine Freundin. Wir verreisen zusammen, und ich will wissen, wie es ihr geht.»

Mrs. Butterfield saß auf einem Stuhl, und eine der beiden Polizistinnen tastete mit geübten Händen ihren Körper ab. Plötzlich lächelte sie und flüsterte ihrer Kollegin ins Ohr: «Oh, Madge, du wirst es nicht glauben!»

«Was nicht glauben?» fragte Madge.

«Das in unserer Zeit!» Dann sagte sie laut zu Mrs. Butterfield: «Würden Sie bitte einen Augenblick aufstehen, Madam?»

Mrs. Harris sagte: «Was soll das alles? Lassen Sie meine Freundin in Ruhe. Sie tut nichts, was verboten wäre.»

Auch die Polizistin Madge lächelte nun und sagte: «Es ist ganz harmlos. Ich glaube, es sind die Korsettstangen. Wenn die Dame uns gestatten würde, nachzusehen?»

«Korsettstangen?» rief Mrs. Harris. «Was haben die mit dem fürchterlichen Geräusch von vorhin zu tun. Korsettstangen sind aus Plastik, Vi, was zum Teufel hast du eigentlich an?»

Mrs. Butterfield hatte ihre fünf Sinne mittlerweile wieder beieinander. Sie verstand, was man von ihr wollte, und hob den Rock. Den drei Frauen bot sich ein ungewöhnlicher Anblick. «Mein Himmel, wo hast du denn das aufgegabelt, Violet?» fragte Mrs. Haris.

Bei dem ‹das› handelte es sich, wie sich herausstellte, um eines jener langen, altmodischen, spitzenbesetzten Korsetts mit gepolsterten Stahlstangen.

Violet sagte: «Wieso, was ist damit? Ich habe es preiswert erstanden und trage es nur, wenn ich ausgehe oder verreise, weil es da sehr angenehm ist, als Stütze. Hier . . .» Und sie enthüllte dem Blick der Zuschauer, welchen Nutzen ihr stattlicher Busen aus der patenten Erfindung zog.

Die Polizistin sagte: «Entschuldigen Sie vielmals, Madam. Natürlich waren es die Stahlstangen. Kommen Sie, Sie und Ihre Freundin können hier hinausgehen, das ist angenehmer für Sie.» Der Raum hatte eine zweite Tür, und als sie ihn verließen, flüsterte Violet Mrs. Harris zu: «Ich dachte schon, man hätte den Brief gefunden. Hier, nimm deine Handtasche. Ich will nichts damit zu tun haben.» Die beiden Frauen gingen zum Flugzeug.

9

Wenn die beiden Reisenden beim Abflug in Heathrow schon alle Mühe hatten, die Nerven nicht zu verlieren, so gerieten sie bei der Ankunft auf dem Moskauer Flughafen Scheremetjewo mit seinem glasglitzernden Empfangsgebäude fast in eine Panikstimmung, und Mrs. Harris sah ihre sämtlichen Pläne, Träume und Hoffnungen sich in nichts auflösen.

Es herrschte hier nicht nur das übliche chaotische Durcheinander, das allen großen Flugplätzen eigen ist, sondern darüber hinaus ein wahrhaft ohrenbetäubender Lärm, viel lauter als anderswo, wozu noch die fremde Sprache, die fremden Uniformen und die nicht zu entziffernden Hinweisschilder in kyrillischer Schrift kamen. Ungewohnte Geräusche, ungewohnte Gerüche, ein ungewohntes Tempo, Beamte mit strengen Mienen, eine farblos gekleidete Menschenmenge, aus der hier und da eine farbenfreudige östliche Nationaltracht hervorstach. Der Flug von London nach Moskau an Bord einer auch den höchsten technischen Ansprüchen genügenden Düsenmaschine hatte das Kommende nicht ahnen lassen, obwohl Mrs. Harris später behauptete, schon als sie ihren Fuß in die Iljuschin setzte, habe sie unbewußt das Gefühl gehabt – in ihrer Sprache ausgedrückt: es in den Knochen gespürt –, daß sie alles hinter sich ließe, was ihr lieb und wert sei, und wenn sie sich indirekt auch noch in England befunden habe, so sei es ihr doch vorgekommen, als habe sie ein fremdes Land betreten, von dem irgendwie etwas Bedrohliches ausgegangen sei.

Während des viereinhalbstündigen Fluges war nichts vorgefallen, was dieses Gefühl der Beklommenheit gerechtfertigt hätte. Alles war sauber, die Ausstattung gediegen, wenn auch nicht prächtig, und die Stewardessen in ihren gepflegten beigefarbenen Leinenkostümen mit blauem Käppi und goldblitzenden Dienstmarken waren nicht nur außergewöhnlich hübsch, sondern auch tüchtig und hilfsbereit, allerdings auf eine sehr kühle Art. Unter ihnen gab es saphiräugige Blondinen und dunkeläugige Brünette, die den Farbfotos in den Prospekten alle Ehre machten. Auch waren sie auf kaum merkliche Weise ein wenig anders und vielleicht sogar noch attraktiver als ihre englischen oder amerikanischen Kolleginnen, und Mrs. Harris konnte gut verstehen, als sie sich die Stewardessen so ansah, daß Mr. Lockwood sich in eine von ihnen verliebt hatte. Wenn Liz in natura ihrem Abbild auch nur annähernd entsprach, war das leicht zu begreifen. Die hübschen jungen Mädchen stimmten Mrs. Harris innerlich auf ihre Begegnung mit der unglücklichen, sich in Liebe verzehrenden Liz ein, und sie freute sich schon jetzt auf den Augenblick, in dem die traurigen, melancholischen Augen vor Glück aufleuchten würden.

Selbst Mrs. Butterfield fand allmählich, nun, da sie im Flugzeug saß und die Erregung über das Vorhaben ihrer Freundin langsam abklang, Spaß an der Sache, und als die Stewardessen das Essen servierten – es gab sogar Kaviar, und alles schmeckte köstlich –, war sie fast bereit zuzugeben, daß die Russen zumindest auf kulinarischem Gebiet ihre Sache verstünden.

Eine Stewardess schob einen Rollwagen heran und fragte: «Wünschen Sie Wodka, Wein, Bier oder Krim-Sekt?»

«Alle Wetter!» sagte Mrs. Butterfield. «Kaviar und Champagner, und alles umsonst.»

Selbst Mrs. Harris, sonst nicht so leicht zu beeindrucken, war von dieser Großzügigkeit angetan und sagte zu der Stewardess: «Ich möchte ein Gläschen von dem da», und sie deutete auf den Wodka. «Sieht aus wie Gin. Und zum Nachspülen vielleicht auch noch ein Glas Bier.» Sie wandte sich an ihre Freundin: «Na, Violet Butterfield, was sagst du jetzt zu deiner Urlaubsreise?»

Nachdem sie mit Genuß ihren Kaffee geschlürft hatten und alle früheren Ängste vergessen waren, überkam die beiden Reisenden eine köstliche Müdigkeit. Sie schliefen sogar eine Weile, bis das veränderte Geräusch der Triebwerke ihnen ankündigte, daß sie in Kürze landen würden.

Sobald das Flugzeug zur Landung ansetzt, in dem die Passagiere, eingeschlossen in mehrere hundert Tonnen Metall, die Tausende von Gallonen hochexplosiven Treibstoffs nicht zu erwähnen, scheinbar gegen alle Naturgesetze durch die Luft katapultiert worden sind, werden bei den meisten alle anderen Gedanken oder Empfindungen zurückgedrängt, und sie werden nur noch von einem Gefühl überwältigender Erleichterung beherrscht. Mrs. Harris und Mrs. Butterfield bildeten da keine Ausnahme.

Und nach dem Aufsetzen der Maschine bricht während der langen, schwankenden Fahrt über die asphaltierte Rollbahn, ehe das Flugzeug endlich zum Stillstand kommt – der Vogel hat sich plötzlich in einen Bus verwandelt –, jene typische Geschäftigkeit vor Ende einer Reise aus: Brotkrümel werden abgeklopft, man zupft an seiner Kleidung herum, zählt die Gepäckstücke, sortiert die gelesenen Zeitungen aus, kurz, man bereitet sich darauf vor, sich wieder als Zweifüßler fortzubewegen. Auch unsere beiden Freundinnen schlugen die Zeit mit solchen Lappalien tot, als das Hauptgebäude des Flughafens vor ihnen auftauchte. Um die Maschine wogte ein lärmendes Durcheinander aus hohen Gangways, Tank- und Gepäckwagen und Bussen, während gewichtig aussehende Männer in blauen, mit Verdienstorden oder goldenen Rangabzeichen geschmückten Uniformen, einige uniformierte junge Mädchen und etwa ein halbes Dutzend schlicht gekleideter Frauen, jung bis mittleren Alters, darauf warteten, an Bord zu kommen.

Endlich standen die Räder still, die Triebwerke seufzten noch einmal auf, bevor sie flüsternd verstummten, und während die draußen Stehenden auf die Gangway zusteuerten, sagte die vorn im Mittelgang postierte Chefstewardess durchs Mikrophon: «Meine Damen und Herren! Bitte alle herhören! Die Teilnehmer der Gruppenreisen werden gebeten, auf ihren Plätzen sitzen zu bleiben, Ihr Intourist-Reiseleiter wird Sie entsprechend der gebuchten Pauschalreise aufrufen. Dann können Sie die Maschine verlassen.»

Mrs. Harris spürte, wie ihr ein kleiner kalter Schauer den Rücken hinunterlief. Sie konnte an nichts anderes denken als an Mr. Lockwoods Worte: «Liz betreut als Intourist-Fremdenführerin die Gruppenreise 6A nach Moskau.»

Der Augenblick war da, den sie sich im Geiste herbeigewünscht und von dem sie so manche Nacht geträumt hatte – seit dem Tage, da die Gutscheine zum Eintritt in die Gefilde der Romantik ihr ins Haus geschneit waren. Zugegeben, es handelte sich hier nicht um *ihre* Romanze, aber darum war es nicht weniger aufregend, denn sie durfte ja daran teilnehmen. In wenigen Minuten würde sie Liz, Geoffrey Lockwoods verloren geglaubte Liebe, in Fleisch und Blut vor sich sehen. Ob das junge Mädchen wohl wirklich so schön war, wie ihr Foto es vermuten ließ?

Die Tür des Flugzeugs öffnete sich, die Gangway wurde herangeschoben, die Männer und Frauen kamen die Stufen herauf und drängten sich an Bord.

«Da», sagte Mrs. Harris, «das scheinen die Fremdenführerinnen zu sein.» In ihrer Aufregung und dem Wunsch, Liz sofort zu erspähen, sah sie keine der Frauen deutlich, obwohl ihr nicht entging, daß sie verschiedenen Alters waren und sich unter ihnen drei unleugbar hübsche junge Mädchen befanden. Ihr fiel ein, daß Liz auf dem Foto eine Pelzkappe trug, so daß ihre Frisur verborgen blieb.

Drei Reisegruppen wurden aufgerufen und marschierten die Gangway hinunter und weiter ins Heilige Rußland hinein – zwei von den jungen Mädchen gingen ihnen voran. Mrs. Harris hatte sich inzwischen so weit beruhigt, daß sie sich zu konzentrieren vermochte, und so sah und hörte sie genau, was nun vor sich ging.

Eine Frau von Ende Fünfzig – sie sah aus wie aus alten, verwittertem Holz geschnitzt – ging nach vorn, stellte sich neben die Chefstewardess und nahm ihr mit strenger Miene das Mikrophon aus der Hand oder, besser gesagt, brachte sich in seinen Besitz. Zwei kleine, mißtrauische Augen starrten aus dem eckigen Gesicht, daß durch die geblähten Nasenflügel und den bitteren Zug um den Mund nicht eben anziehender wurde. Auch das unkleidsame graue Kostüm wirkte wie eine Holzschnitzerei, und das hutähnliche Gebilde auf dem strengen grauen Haarknoten spottete jeder Beschreibung. Sie sprach nicht ganz so akzentfrei wie ihre Kolleginnen, und zu ihrem ungläubigen Staunen und Entsetzen hörte Mrs. Harris sie sagen: «Ich bin Praxewna Ljeljeschka Bronislawa und die Intourist-Führerin für alle Teilnehmer der Pauschalreise 6A. Bitte alle 6A-Reisende die Hand heben.»

Neunundzwanzig Hände folgten der Aufforderung. Mrs. Harris war unfähig, ihre Hand auch nur einen Zentimeter zu heben.

«Ich Ihnen werde Moskau zeigen. Wir werden Freunde sein. Wenn Sie tun, was ich sage, es wird keine Schwierigkeiten geben. Folgen Sie mir jetzt zur Zoll- und Paßkontrolle. Wenn Sie sich an das gehalten haben, was in der schmalen Broschüre darüber steht, welche Dinge Sie nach Sowjetrußland einführen dürfen und welche nicht, Sie haben nichts zu befürchten. Gehen wir.»

Ada Harris war vor Schreck wie betäubt, und es war nur gut, daß die anderen Reiseteilnehmer der Aufforderung sofort Folge leisteten und den Gang zwischen den Sitzen blockierten, denn sie war unfähig, auch nur ein Glied zu rühren. Es war ein reines Wunder, daß sie nicht in jenen Zustand tiefer Bewußtlosigkeit versank, der sie in extrem kritischen Situationen, vor allem, wenn sie sie selbst heraufbeschworen hatte, immer lähmte.

Benommen starrte sie der breitschultrigen, sich entfernenden Gestalt der Fremdenführerin nach. Wie hieß sie? *Praxewna Lil Sowieso. Liz! Liz! Wo bist du? Was ist mit dir? Mein Gott, was soll ich bloß machen?* Denn von dem Augenblick an, da Mr. Lockwood ihr gesagt hatte, Liz sei für die Pauschalreise 6A als Fremdenführerin eingesetzt und würde sie am Flughafen in Empfang nehmen, war es Mrs. Harris nicht eine Sekunde in den Sinn gekommen, daß sie nicht da sein könnte, daß etwas dazwischengekommen, daß Liz krank geworden oder gestorben, daß sie woandershin versetzt worden war oder gerade jetzt ein paar Tage Urlaub machte. Hätte sie gewußt, daß die staatliche Geheimpolizei oder das KGB dafür gesorgt hatte, daß speziell diese Reisegruppe nicht von Lisaweta Nadjeschda Borowaskaja alias Liz durch Moskau geführt wurde, sondern von Praxewna Ljeljeschka Bronislawa und erstere damit beschäftigt worden war, daß man sie vorübergehend ‹die Treppe hinauffallen› ließ, hätte es gut sein können, daß Mrs. Harris von Starrsucht befallen und mit derselben Maschine nach London zurücktransportiert worden wäre.

Mrs. Butterfield faßte sich als erste und bemerkte in aller Unschuld: «Mrs. Lockwoods Freundin scheint nicht gerade die jüngste zu sein, wie?»

Diese Äußerung brachte Mrs. Harris' Kreislauf wieder in Schwung, und sie zischte wütend: «Halt den Mund, du Schaf. Das ist sie nicht. Das war nicht Liz.»

«Nicht?» sagte Mrs. Butterfield. «Aber wo steckt sie denn?»

Das ganze Ausmaß ihres Mißgeschicks wurde Ada bewußt, als sie antwortete: «Ich weiß es nicht», denn zum erstenmal ging ihr auf, daß sie von dem jungen Mädchen außer daß es bei Intourist sei – was offenbar nicht mehr der Fall war –, nicht das geringste wußte, daß sie keine Adresse von ihr hatte noch sonst irgendeinen Anhaltspunkt (bis auf das Foto), wo sie sie finden könnte.

Mrs. Butterfields Sturmglocken traten erneut in Tätigkeit, und sie sah ihre Begleiterin unruhig an. «Du weißt es nicht? Das ist ja großartig! Und was wird nun mit dem verflixten Brief?» Und dann fiel ihr etwas ein, und die Glocken schrillten noch lauter als vorher. «O mein Gott, Ada, du hast gehört, was die alte Schraube gesagt hat. Wenn wir keine Dinge mitführen, die verboten sind, hätten wir auch nichts zu befürchten. Geh aufs Klo und wirf den Brief weg, denn sie gucken bestimmt in deine Handtasche.»

«Mach dir um Gottes willen darüber keine Sorgen, Vi. Der Brief ist nicht mehr in meiner Handtasche.»

Inzwischen waren fast alle Passagiere beim Ausgang, und es blieb ihnen nichts anderes übrig, als ihre Siebensachen zusammenzusuchen und den anderen zu folgen. Sie verließen fast als letzte das riesige Verkehrsflugzeug und traten damit in den Sicherheitsbereich der Teleobjektive des KGB.

Als die beiden Frauen auf der obersten Stufe der Gangway erschienen, kam Leben in die im obersten Stockwerk des Flughafengebäudes postierten Angehörigen des KGB. Der Mann, der das Flugzeug durch ein Fernglas beobachtete, stieß einen leisen Schrei aus, warf einen

Blick auf die beiden vergrößerten Fotografien auf dem Tisch vor ihm, hob das Glas wieder an die Augen und sagte: «Da sind sie. Die Kleine, Zierliche in Blau ist der Kurier, Mrs. Harris, und die andere ist die, die sich Mrs. Butterfield nennt.» Die mit Gummilinsen bestückten Kameras begannen zu surren und zu klicken.

Die Männer sahen, wie die kleine Frau in Blau etwas zu ihrer Begleiterin sagte. «Sehen Sie?» sagte der Mann mit dem Fernglas und wandte sich an einen am Tisch sitzenden Kollegen, der das Dossier von Mrs. Harris vor sich liegen hatte. «Der Bericht stimmt. Die beiden versuchen nicht zu verbergen, daß sie einander kennen. Entweder soll der Kurier, Mrs. Harris, die sich Butterfield nennende Person anlernen, oder diese Person, deren wahre Identität wir nicht kennen, soll den Auftrag ausführen und die andere, weil erfahrenere, ihr assistieren.»

Der Mann am Tisch sah sich die Fotokopien von Mrs. Butterfields Einreise-Antrag mit ihrem Lichtbild genau an. Er sagte: «Ich glaube eher das letztere – Beruf: Damenbetreuerin. Keine weiteren Anhaltspunkte. Die perfekte Tarnung. Sie ist die gefährlichere von den beiden.»

Mrs. Harris und Mrs. Butterfield stiegen, verfolgt von dem Fernglas, die Stufen hinab. Der Mann, der sie nicht aus den Augen ließ, machte den Fotografen ein Zeichen. «Die Dicke, Genossen, konzentriert euch auf die Dicke. Wir brauchen sie von allen Seiten. Im Profil kriegt ihr sie am besten, sobald sie unten am Fuß der Treppe ist.»

Mrs. Harris und Mrs. Butterfield waren inzwischen unten angelangt und gingen nun auf den in der Nähe wartenden Bus zu.

Das Fernglas folgte ihnen, und der Mann fragte: «Alles drin, Genossen?»

«Ja, bestens. Von der Seite eine Totale und das Gesicht ganz groß. Sie hat sich ein paarmal umgedreht und in unsere Richtung gesehen.»

«Vom Kurier auch?»

«Ja, auch. Da ist keine Verwechslung möglich.»

Der Mann mit dem Fernglas sagte: «Daß ihr mir ja gute Arbeit liefert.» Dann wandte er sich an seinen Kollegen am Tisch und fragte: «Wer kümmert sich um diese Reisegruppe?»

Der andere KGB-Mann antwortete: «Haben Sie nicht gesehen? Praxewna Ljeljeschka Bronislawa.»

Der Mann mit dem Fernglas brummte: «Eine unserer tüchtigsten. Wenn jemand der Dicken auf die Schliche kommen kann, dann sie.»

10

Da es Mrs. Harris überhaupt nicht in den Sinn gekommen war, Liz könnte nicht am Flughafen sein, maß sie dem Ausbleiben des jungen Mädchens unverhältnismäßige Bedeutung bei, und sie hatte das Gefühl, als habe sie selber einen großen Verlust erlitten, was in gewissem Sinne ja auch stimmte, nachdem die goldschimmernde Seifenblase der Romantik geplatzt war. Von dem, was zwischen der Landung in Scheremetjewo und der Ankunft im Hotel ‹Tolstoi› um sie herum vorging, nahm sie kaum etwas wahr. Wie betäubt ordnete sie sich in die Reihe der Wartenden vor den Schaltern der Zoll- und Paßabfertigung ein und ließ die ungehobelte Barschheit der Beamten und die gründliche Durchsuchung ihres Gepäcks geduldig über sich ergehen. Selbst Mrs. Butterfields unaufhörliches Gerede, bestimmt würde der ja jetzt wertlose Brief gefunden werden, störte sie nicht; das brauchte sie nicht zu befürchten, denn Mrs. Harris hatte ihn am Körper verborgen.

Auch an die Busfahrt bei Einbruch der Dunkelheit durch Birken- und Kiefernwälder und dann vorbei an endlosen monotonen Wohnblocks erinnerte sie sich kaum. Und auch das unbeschreibliche, chaotische Durcheinander in der Halle des Hotels ‹Tolstoi› nahm sie nur zur Hälfte wahr, wo sich an der Rezeption rund hundert Menschen drängten, deren vorbestellte Zimmer nicht frei oder überhaupt nicht vorgemerkt waren.

Das ‹Tolstoi› war eines der älteren Moskauer Hotels. Es lag in der Nähe des Roten Platzes und bot eine herrliche Aussicht auf einige der schönsten Bauten der Stadt, doch es war ziemlich heruntergewirtschaftet. In dem Hotel wurden ausschließlich Pauschalreisende untergebracht, es war also ein Haus niederen Ranges, und diese Einstufung wirkte sich auch auf das Verhalten des Personals aus, das – von der Hotelleitung bis hinunter zum Hausdiener – neiderfüllt auf das neue, glitzernde ‹Rossija›, das ‹Budapest› und noch einige andere erst kürzlich eröffnete Luxushotel blickte, in denen sozusagen die Elite der Rußland-Besucher abstieg. Wenn die Angestellten also nicht gerade die Hotelgäste herumkommandierten, standen sie die meiste Zeit hinter ihren Empfangstischen und debattierten wild herumfuchtelnd laut und vernehmlich miteinander. Verärgerte Touristen pufften sich, fluchten und schimpften, Frauen weinten vor Erschöpfung und Nervosität, das Gepäck türmte sich zu Bergen, und die Besitzer suchten wütend ihre Koffer und Taschen, um sie in Sicherheit zu bringen. Vor den vier Fahrstühlen, von denen zwei offensichtlich defekt waren, stauten sich die gereizten Hotelgäste, die die umständlichen Anmeldungsformulare glücklich hinter sich gebracht hatten und nun auf ihre Zimmer wollten. In dieses Inferno geleitete die Intourist-Führerin Praxewna Ljeljeschka ihre rund dreißig Schäflein, die sofort in das Pandämonium hineingezogen wurden.

Beobachtungsgabe und Intuition, geschärft zunächst einmal durch einen ständigen Kampf gegen Armut und sonstige Widrigkeiten des Lebens sowie durch die Notwendigkeit, sich auf die Schrullen und Launen ihrer jeweiligen Kundschaft einstellen zu müssen, waren Mrs. Harris' starke Seite. Hätte die Enttäuschung, die sie bei der Ankunft erlebt hatte, sie nicht in so hohem Maße beschäftigt und verwirrt, wäre es ihr sicher aufgefallen (und hätte sie vielleicht mißtrauisch gemacht), wie mühelos ihr und Mrs. Butterfield zuteil wurde, worum ihre Reisegenossen offenbar vergeblich kämpften. Höchstwahrscheinlich merkte sie weder, daß die Angestellten am Empfang beim Eintritt Praxewna Ljeljeschkas plötzlich die Stimme dämpften, noch fielen ihr die drei KGB-Beamten in Zivil auf, deren äußere Erscheinung, wie das KGB rührenderweise glaubte, typisch westlich war. Ihr wurde lediglich bewußt, daß etwas geschah, aber nicht wie und warum. Die Reiseleiterin drängte sich rücksichtslos durch die Menge zum Empfang, kam gleich darauf wieder und sagte, ohne die anderen Mitglieder der Gruppe zu beachten, zu Ada und Mrs. Butterfield: «Kommen Sie, ich haben Ihr Zimmer.» Selbst der langerwartete Fahrstuhl schien ihrem Willen zu gehorchen, und als seine Türen sich öffneten, kämpfte sie sich, die beiden Damen im Schlepptau, entschlossen durch die wartende Menge nach vorn durch, gab dem Fahrstuhlführer einen Wink, woraufhin er sofort die Türen schloß, so daß niemand von den anderen Gästen mitkam, und fuhr mit ihnen in den siebten Stock hinauf, was, wie sich herausstellte, die oberste Etage des Hotels war.

Beim Aussteigen fanden sie sich einer neben dem Fahrstuhl an einem Tisch sitzenden dicken, kräftigen Frau gegenüber, die eine gewisse Ähnlichkeit mit ihrer Intourist-Führerin hatte. Doch während Praxewna Ljeljeschka einer Holzschnitzerei glich, ähnelte die andere an eine in ihrem Netz hockende große, fette graue Spinne, die nur darauf lauerte, sich auf ihr Opfer zu stürzen. Beide waren dekorierte Veteranen des KGB, das bei diesem gefährlichen Paar aus England keinerlei Risiko eingehen wollte. Die Spinne wurde übrigens später von Ada ‹Mrs. Bärbeiß› getauft und prägte sich ihr unter diesem Namen unauslöschlich ein.

Mrs. Bärbeiß' Augen funkelten, und ihr Mund schien wie geschaffen, Gift zu speien. Der große Kopf saß direkt auf dem stämmigen Rumpf.

Die beiden Russinnen wechselten einige Worte in ihrer Sprache. Mrs. Bärbeiß übergab der anderen den Schlüssel, und die Reiseleiterin sagte: «Kommen Sie, ich zeige Ihnen Ihr Zimmer. Ich hoffe, Ihnen gefällt.» Sie ging mit Ada und Violet bis zum Ende des Ganges, schloß eine Tür auf und ließ sie eintreten. Gleich darauf erschien ein Zimmermädchen mittleren Alters, adrett mit Schürze und Häubchen, und Praxewna Ljeljeschka sagte etwas zu ihr, wiederum auf russisch. Es fiel Mrs. Harris sofort auf, daß das Zimmermädchen einen verängstigten Eindruck machte, obwohl sie wahrscheinlich lediglich gefragt worden war, ob das Zimmer in Ordnung sei.

«Hier», sagte die Fremdenführerin, «sehen Sie Aussicht. Wundervoll. Sie in Zimmer bleiben. Nicht weggehen. Ich Sie zum Abendessen abholen. Danke.» Sie ging, doch bevor sie die Tür schloß, sah Mrs. Harris, daß das Zimmermädchen, das schon vorher hinausgegangen war, sich draußen im Gang in einer Ecke postiert hatte.

Nachdem die Zimmerfrage geregelt war, fand Mrs. Harris ihr seelisches Gleichgewicht wieder, und ihr gesunder Menschenverstand kehrte zurück.

In ihrem Beruf als Putzfrau hatte Mrs. Harris im Laufe der Jahre natürlich alle möglichen Wohnungen und Einrichtungsstile kennengelernt. Hier in diesem Moskauer Hotelzimmer fand sie sich von neu-viktorianischen roten Plüschquasten, Messingbetten, Farbdrucken aus dem 19. Jahrhundert, schweren Vorhängen und Bett-Zierdecken mit Fransen umgeben, was auf den ersten Blick keineswegs unangenehm wirkte, doch bei genauerem Hinsehen entdeckte man Zeichen von Staub und Verfall. Das Zimmermädchen schien nicht viel zu taugen.

Der abschätzende Blick, mit dem sie das verwohnte Hotelzimmer maß, erinnerte Mrs. Harris daran, wer und was sie war und daß sie besser daran getan hätte, sich nicht solchen Hirngespinsten in bezug auf Mr. Lockwood und die Dame seines Herzens hinzugeben. Er hatte gesagt, Liz betreue als Intourist-Fremdenführerin die Gruppenreise 6A und würde sie am Flughafen in Empfang nehmen. Nun, sie war nicht dagewesen. Inzwischen befand sie, Ada Harris, sich zusammen mit ihrer besten Freundin, die von ihr praktisch dazu gezwungen worden war, sie zu begleiten, in diesem unbekannten, fremden Land, um hier ein paar Urlaubstage zu verbringen. Jeder vernünftige Mensch würde Mr. Lockwood & Co. jetzt schleunigst aus seinen Gedanken verbannen und sich seines Lebens freuen. Ihre Reiseführerin war augenscheinlich bemüht, ihnen den Aufenthalt so angenehm wie möglich zu machen, und für ihr Äußeres konnte sie nichts, ebensowenig Mrs. Bärbeiß. Damit war dieses Thema erledigt. Sie trat ans Fenster und sah hinaus, und sofort konnte sie mit dem beginnen, was sie sich vorgenommen hatte – nämlich ihren Urlaub zu genießen, denn der Anblick, der sich ihr bot, war atemberaubend.

Sie hatte keine Ahnung, wo das Hotel lag, und wußte also nicht, daß von hier aus ein Teil der gewaltigen Kremlmauer zu sehen war sowie die Basilius-Kathedrale und der Rote Platz mit dem Lenin-Mausoleum. Es war inzwischen dunkel, und die Lichter brannten, und sie war ganz verzaubert von dem Bild, das vor ihr lag. In helles Licht waren die farbenprächtigen Mauern, Wehr-, Glocken- und Kirchtürme getaucht, einige davon in Zwiebelform, während andere aussahen, als trügen sie einen orientalischen Turban. Alle ragten hoch in den Himmel und boten der Phantasie reichlich Nahrung. Riesige rote Sterne gleißten von Turmspitzen, die Kuppeln der Kirchen zeichneten sich in leuchtendem Blau und Gelb ab, einige in sanft schwingenden Konturen, andere kantig und rauh, wie aufeinandergestapelte Ananasfrüchte. Der Teil des gewaltigen Platzes, den sie von ihrem Fenster aus sehen konnte, glich einer angestrahlten Wasserfläche. In der Ferne glitzerten die erleuchteten Fenster hoher Wohnhäuser. Mrs. Harris, der nicht allzu viele Vergleichsmöglichkeiten zu Gebote standen, empfand das Ganze als eine Verbindung zwischen einer edelsteinübersäten Märchenstadt und einem Vergnügungspark, dem nur die Achterbahn und andere aufregende Attraktionen fehlten.

Sie war zutiefst gerührt von dem Bild. «Alle Wetter! Das ist wirklich wundervoll!» murmelte sie vor sich hin und freute sich plötzlich, daß sie die Reise unternommen hatte. Dann, noch immer in den Anblick versunken, verspürte sie zum erstenmal seit der Ankunft ein wenig Furcht. Vielleicht lag es an dem Gegensatz von Schein und Wirklichkeit, denn trotz der Lichter und der Farben und der seltsam geformten Bauten und Mauern war ihr, als sei das Ganze nur eine Filmdekoration, ja vielleicht überhaupt nur ein bemalter Theatervorhang. Doch wenn man genauer hinsah, warfen die Lichter Schatten, und es taten sich weiträumige Plätze und breite Straßen auf; so weit das Auge blicken konnte waren nur seltsam bedrohliche, furchteinflößende steinerne Landschaften zu sehen, Berge, Täler und weite Flächen.

Mrs. Butterfield erschien in der Tür zum Badezimmer, in das sie sich, kaum daß Praxewna Ljeljeschka gegangen war, zurückgezogen hatte. Sie sagte: «Es gibt kein Klopapier.»

Diese nackte Feststellung riß Mrs. Harris abrupt aus ihrer schönheitstrunkenen, von fast angenehmem Gruseln begleiteten Träume. «Was?» fragte sie. «Was gibt es nicht?»

«Klopapier», wiederholte Mrs. Butterfield. «Und der Stöpsel für die Badewanne. Und aus dem warmen Hahn läuft kaltes und aus dem kalten warmes Wasser und aus der Brause überhaupt nichts. Wenn man die Spülung zieht, passiert auch nichts. Das will sich Hotel nennen?»

Mrs. Butterfields Feststellungen brachten Ada endgültig auf die

Erde zurück. «Laß mal sehen», sagte sie, und ging ins Badezimmer. Gleich darauf kam sie mit dem kleinen Pappzylinder, der sich gewöhnlich in einer Toilettenpapierrolle befindet, wieder, und sagte: «Kein Klopapier und anderes Papier auch nicht. Und was da an der Wand hängt, sollen das Handtücher sein? Fliegendreck auf dem Spiegel, und die Glühbirne ist auch kaputt. Höchster Komfort, wie? Mit denen reden wir jetzt mal ein Wörtchen.»

Sie griff zum Hörer, doch das Zimmertelefon streikte. Zu hören waren tickende, summende, piepende und krächzende Geräusche, aber keine menschliche Stimme.

«Ein Haus der ersten Kategorie», sagte Mrs. Harris, «aber nichts funktioniert, die Tapete ist schadhaft und die Decke hat Risse. In den Prospekten war davon aber nichts zu sehen. Soll dieser alte Kasten hier etwa das erste Hotel am Platze sein?» Trotz der bestrickenden Aussicht und ihrer Reise-Euphorie drohte das Zimmer ihr die gute Laune zu verderben.

Plötzlich bemerkte sie, daß Mrs. Butterfield eine höchst sonderbare Pantomime aufführte: Sie hob erst den einen Fuß in die Höhe, dann den anderen, deutete auf den Kronleuchter und verschiedene andere Gegenstände, legte den Finger an die Lippen, und ihre Augen traten vor Schreck aus den Höhlen.

«Herrjeh!» sagte Mrs. Harris. «Was ist denn in dich gefahren? Hast du den Veitstanz?»

Mrs. Butterfield machte «schsch», kam auf Zehenspitzen auf Ada zu und flüsterte ihr ins Ohr: «Wanzen. Sie können uns hören. Hast du nicht gelesen, daß in allen Hotels in Rußland Mikrophone installiert sind, um einen zu belauschen? In der Decke, unter den Stühlen. Sie können jedes Wort mithören.»

«Ach, ist das wahr?» sagte Mrs. Harris mit lauter Stimme. Violet war entsetzt. «Wanzen, wie?» Ada sah zu der angelaufenen Messinglampe auf, von deren sechs Birnen nur vier brannten, und schrie: «He, ihr da oben, wer da nun gerade lauscht, wir brauchen Klopapier!»

Als auf diese Herausforderung hin nichts geschah, sagte Mrs. Harris: «Komm, jetzt reden wir mal ein Wörtchen mit der alten Schraube da draußen auf dem Gang.»

Sie machte die Tür auf, und das Zimmermädchen fiel ihnen fast entgegen. Mrs. Harris sagte: «Na, was soll denn das? Am Schlüsselloch lauschen, wie?»

Das Mädchen ließ ein hohes, erschrockenes «Njet» hören, zog ein Staubtuch aus der Tasche und begann die Türklinke zu polieren.

«Sagen Sie, sprechen Sie vielleicht etwas Englisch? Wir brauchen Klopapier.»

Das Mädchen entgegnete verwirrt etwas, das wie «ja nje ponimaju» klang.

Violet sagte: «Sie kann uns nicht verstehen», was den Nagel auf den Kopf traf, denn es war genau das, was das Zimmermädchen auf russisch erwidert hatte.

Ada hielt die leere Papprolle hoch. «Klopapier, KLOPAPIER!» rief sie mit der Phonstärke, deren Ausländer sich bedienen, die glauben, wenn sie nur laut genug schrien, würde man sie schon verstehen.

Das Zimmermädchen warf einen Blick auf die Papprolle und sagte: «Njet.»

«Komm, Vi», sagte Ada, «vielleicht spricht Mrs. Bärbeiß ja Englisch. Versuchen wir es mal.»

Als sie den Entschluß in die Tat umsetzen und das Zimmer verlassen wollten, schüttelte das Zimmermädchen wiederholt aufgeregt den Kopf, fuchtelte mit den Armen und versuchte sogar, die beiden Frauen zurückzuschubsen. Mrs. Harris' Zorn erreichte jäh den Siedepunkt. «Na, na, was fällt Ihnen denn ein? Sind wir hier im Gefängnis? Hände weg, verstanden? Verschwinden Sie, sonst passiert was.»

Violets Massen halfen mit, das Mädchen beiseite zu schieben. Sie brach in Tränen aus, rannte den Gang hinunter und verschwand hinter einer Tür.

Mrs. Harris sah ihr nach und fragte: «Was ist denn in die gefahren? Komische Leute, diese Russen. Eines steht jedenfalls fest: Als Zimmermädchen taugt sie nichts, so wie das Zimmer aussieht.» Sie hatte nicht die leiseste Ahnung, daß Violet und sie heimlich überwacht wurden und daß hinter jener Tür, hinter der das Mädchen verschwunden war und die in den Raum der Angestellten führte, ein KGB-Mann saß, der sofort seine Vorgesetzten in den Zentrale davon unterrichtete, daß die Gäste von Zimmer 734 ihre Räumlichkeit verlassen hatten.

Besagte Gäste marschierten nun den Gang hinunter zu dem Tisch, an dem die Spinne – für Ada nur noch Mrs. Bärbeiß – stumpf und schweigend hockte. Nur das Glitzern ihrer Augen zeigte an, daß Leben in ihr war.

Mrs. Harris, durch den Zwischenfall mit dem Zimmermädchen in Harnisch gebracht, sagte: «Sprechen Sie Englisch?»

Mrs. Bärbeiß gab keine Antwort, sondern saß unbeweglich auf ihrem Stuhl und sah die beiden an. Nur ihr verkniffener Mund zuckte ein wenig.

«Klopapier», sagte Mrs. Harris und hielt ihr die Papprolle hin, «wir brauchen Klopapier. Verstehen Sie? Hier, das da. Was es in jedem halbwegs gutgeführten Hotel gibt.»

Mrs. Bärbeiß' Mund öffnete sich zum Sprechen. Er entließ ein einziges abschließendes Wort: «Nix.»

Verächtliche Unhöflichkeit war nicht geeignet, Adas Zorn zu beschwichtigen. «Was soll das heißen, nix? Sie haben also keines?»

Mrs. Bärbeiß sagte: «Gibt keins mehr», worauf sie wieder in Russisch überging. «Njet bumagi.»

Doch so leicht ließ Mrs. Harris sich nicht abwimmeln. «Gibt keins mehr. Wo gibt's keins mehr? Hier im Hotel? Warum zum Kuckuck schicken Sie dann nicht jemand welches besorgen? Unser Zimmer hat 'ne Stange Geld gekostet.»

Mrs. Bärbeiß wiederholte noch einmal auf englisch: «Gibt keins mehr. Gehen Sie.»

Nun war Mrs. Harris nicht mehr zu halten, sie tobte los: «Gehen Sie! Da hört sich ja alles auf. Was sind denn das für Manieren? Wir sind Ausländer, Touristen. Gibt keins mehr! Wo nicht? In ganz Moskau nicht? Vielleicht in ganz Rußland nicht? Holen Sie mir den Direktor.»

Wie so oft, wenn jemand sich etwas in den Kopf gesetzt hatte, wurde das Gewünschte, falls er es nicht auf der Stelle bekam, das wichtigste auf der Welt – wie jetzt zum Beispiel die Rolle Toilettenpapier für Mrs. Harris, und nichts und niemand konnte sie bremsen.

Mrs. Bärbeiß schüttelte den Kopf, ihre Spinnenaugen glitzerten, und sie sagte: «Njet Direktor.»

«Ach, was Sie nicht sagen», schrie Mrs. Harris, nun völlig außer sich. «Sie holen mir jetzt den Direktor oder Sie können was erleben.»

In diesem Augenblick geschah etwas völlig Unerwartetes. Die Tür von Zimmer 701 – genau gegenüber von Mrs. Bärbeiß' Tisch – öffnete sich einen Spaltbreit, und ein Kopf schaute heraus, der auf den ersten Blick an einen neugierigen Biber erinnerte. Der Besitzer dieses Kopfes sah die beiden Frauen prüfend an und sagte dann: «Sie werden nichts erreichen. Es gibt im ganzen Lande keins.» Hinter dicken Brillengläsern starrten zwei wache Augen belustigt hervor. «Hallo», sagte der Mann, «zwei Landsmänninnen. Würden die beiden Damen mir die Ehre geben und einen Drink bei mir nehmen?» Er stellte sich vor: «Sol Rubin, Rubin-Papierwerke.»

11

Ein paar Sekunden lang verharrten alle Beteiligten so regungslos wie auf einem Standfoto, abgesehen von dem einladenden Lächeln, das sich auf Mr. Rubins Gesicht ausbreitete. Dieses Gesicht war viel zu klein geraten für den riesigen, buschigen dunklen Haarschopf. Und das Biberartige verdankte er den vorstehenden Zähnen sowie dem unvermeidlichen Schnurrbart des englischen Geschäftsmannes. Die gewaltige Hornbrille saß auf einer breiten, weit vorspringenden Nase. Das hervorstechendste an Mr. Rubin aber waren seine ansteckende Fröhlichkeit, seine gute Laune und ein fast kindlicher Drang zu gefallen. Rubin wirkte beruhigend auf Ada; es tat ihr nachher immer leid, wenn ihr Temperament mit ihr durchgegangen war. Die Sonne war schon lange unter den Horizont gesunken, was hieß, daß man ruhig einen Drink nehmen durfte. Überdies hatte Ada das bestimmte Gefühl, Rubin wisse Näheres über diese Papierkalamität, und so sagte sie: «Das ist überaus freundlich von Ihnen, Sir. Mein Name ist Harris, Ada Harris, und das ist meine Freundin Violet Butterfield. Wenn es keine Umstände macht . . .»

«Aber nein, meine Damen, im Gegenteil. Ein unerwartetes Vergnügen.» Er öffnete die Tür nun ganz, und es erwies sich, daß der Kopf zu einem flinken, zierlichen Körper gehörte, der höchst adrett nach der letzten Savile Row-Mode gekleidet war. Als er die Freundinnen mit einer schwungvollen, halb theatralisch-pompösen, halb charmant-verführerischen Handbewegung einzutreten bat, schlug er zwar die Hacken nicht zusammen, doch es hätte niemanden gewundert, wenn er es getan hätte.

Mrs. Bärbeiß' mißtönende Stimme ließ sich vernehmen: «Damenbesuch bei Herren nicht gestattet.»

Adas Zorn flammte erneut auf. «Ach, hören Sie doch auf», sagte sie. «In unserem Alter . . . was soll da schon passieren? Der Herr hat uns zu einem Drink eingeladen und damit basta!»

«Genau», sagte Rubin, und seine Willkommensgesten hätten einem Tanzmeister alle Ehre gemacht. «Achten Sie nicht auf sie. Die ist neu hier. Ich weiß nicht, was mit Annie ist, die sonst immer hier saß. Die war eigentlich ganz in Ordnung und drückte auch mal ein Auge zu. Wahrscheinlich hat sie ihren freien Tag. Kommen Sie, treten Sie näher.»

Die Freundinnen rauschten hinein; Mrs. Bärbeiß starrte ihnen feindselig nach, und kaum hatte die Tür sich hinter den dreien geschlossen, als sie auch schon nach dem Telefonhörer griff und die Nummer des Vorgesetzten wählte, von dem sie ihre Anweisungen erhielt.

«Pawel? Hier ist Taschka.»

«Ja? Was ist?»

«Sie haben Kontakt aufgenommen.»

«Mit wem?»

«Mit dem Juden auf 701, Rubin. Sie sind zu ihm aufs Zimmer gegangen.»

«Soso!» Pawels Stimme war unüberhörbar sarkastisch. «Direkt vor Ihrer Nase? Und Sie haben nicht versucht, sie daran zu hindern?»

«Ich habe nicht den Auftrag, Gewalt anzuwenden, Genosse.»

«Das stimmt. Außerdem lautet die Order, im Falle des Ausländers Rubin äußerst behutsam vorzugehen. Es ist eine heikle Angelegenheit. Zwei Ministerien sind in die Sache verwickelt.»

Die dicke Frau stieß einen Seufzer der Erleichterung aus, da es ihr offenbar gelungen war, sich aus dieser gravierenden Sache herauszuhalten. Sie sagte: «Dann ist es vielleicht nur gut so, denn jetzt können Sie ja die Gespräche abhören, die da geführt werden und die bestimmt Ziel und Zweck dieser Kontaktaufnahme verraten.»

Nach einer auffallend langen Pause hörte man am anderen Ende der Leitung erst ein Räuspern und dann die Worte: «Da hat es vorübergehend Schwierigkeiten gegeben. Die notwendigen Reparaturen konnten noch nicht ausgeführt werden. Die dafür zuständige Abteilung hat sich noch nie kooperativ verhalten. Installationen – ja. Reparaturen – nein. Kein Interesse.»

Er ließ ein saftiges russisches Schimpfwort folgen und fragte anschließend: «Wo ist die Fremdenführerin Praxewna Ljeljeschka?»

«Ich weiß nicht.»

«Finden Sie sie. Sie muß sich den beiden wieder an die Fersen heften.»

«Boris und Annuschka sind hier oben auf der Etage. Boris hat ein Abhörgerät. Soll er es an der Tür anbringen?» Boris war der KGB-Mann, der sich in dem Raum aufhielt, hinter dessen Tür das Zimmermädchen verschwunden war; man hörte, wie die Stimme am anderen Ende ihr heftige Vorwürfe machte.

Pawel sagte scharf: «Das sind Dummheiten, Taschka. Ich habe Ihnen doch gesagt, daß der Fall Rubin äußerst heikel ist. Finden Sie Praxewna Ljeljeschka und sorgen Sie dafür, daß die beiden Frauen Rubins Zimmer verlassen.» Es folgte ein weiterer kräftiger Fluch, dann wurde der Hörer auf der anderen Seite eingehängt.

In der Abgeschlossenheit des Zimmers 701, das sich im gleichen Zustand abblätternder viktorianischer Pracht befand, wie das von Violet und Ada, sagte Mr. Rubin, ein Glas und eine Flasche Gordon's Gin in den Händen haltend: «Wie wünschen Sie Ihren Drink?»

«Mit einem Schuß Wasser, bitte», erwiderte Mrs. Harris, «während meine Freundin ihn pur trinkt. Nicht wahr, Vi?»

Mrs. Butterfield sagte: «Wenn es dem Herrn recht ist.» Sie war ein wenig befangen, denn sie konnte sich nicht so rasch einer Situation anpassen wie Mrs. Harris.

Während Mr. Rubin die Gläser füllte, ließ Ada ihre Blicke durch den Raum wandern, um festzustellen, wer und was dieser sympathische kleine Mann wohl war. Offenbar Geschäftsmann, wie sie aus einem Stapel von Musterbüchern auf einem Tisch schloß, wenn sie auch nicht erkennen konnte, um was für Muster es sich handelte. Auf dem Sofa lagen außerdem, wie sie amüsiert sah, mehrere Pornohefte herum. Auch eine Schale mit Äpfeln und Orangen stand auf dem Tisch.

Mr. Rubin hob sein Glas mit dem klaren Naß und sagte: «Auf Ihr Wohl, meine Damen.» Halblaut fügte er hinzu: «Und auf Iwan.»

Die beiden Frauen hoben ebenfalls ihre Gläser, und Mrs. Harris tat Mrs. Rubin Bescheid: «Auf Ihre Gesundheit, Sir! Wir sind Ihnen sehr verbunden für Ihre Liebenswürdigkeit.» Doch dann gewann ihre Neugier die Oberhand, und sie sagte: «Wer ist Iwan?»

«Ah, Iwan», wiederholte Mr. Rubin, und das fröhliche Gesicht, das er machte, wurde ganz nachdenklich und nahm dann einen Ausdruck von großer Herzlichkeit an. «Iwan, der größte Gauner hier im Hotel. Meister des rollenden Rubels. Iwan ist der Hotelportier. Jeden Wunsch, den Sie äußern, erfüllt er, vorausgesetzt, Sie haben das nötige Kleingeld. Natürlich nur in harter Währung, das heißt, ausländische Zahlungsmittel.» Er hielt die Ginflasche hoch. «Wo, glauben Sie, kommt die her? Ich kann Wodka nicht ausstehen.» Er deutete auf den Tisch. «Haben Sie sonst in dieser Stadt schon irgendwo Orangen gesehen? Aber vielleicht sind Sie noch nicht lange genug hier. Oder das da», und er deutete auf die Pornohefte. «Ich leihe Ihnen gern welche aus, wenn Sie wollen. Alles illegal, doch Iwan macht's möglich, und Annie – ich nenne sie Annie, eigentlich heißt sie Annuschka – ja, wie ich schon sagte, die wußte, wann sie wegzusehen hatte. Wie das mit der alten Schachtel wird, die jetzt da hockt, muß man abwarten, falls sie für dauernd bleibt.»

Mr. Rubin hätte sich keine Sorgen zu machen brauchen, denn die «alte Schachtel» war befugt, alles, außer Schießeisen und Besuchern, passieren zu lassen, und Iwan, der Hotelportier, war nicht nur eine der Hauptstützen des üppig blühenden Schwarzen Marktes, sondern auch ein zuverlässiger V-Mann des KGB, das ihn angewiesen hatte, Mr. Rubin mit allem zu versorgen, was er verlangte, denn man wollte ihn bei guter Laune halten, bis die Lage sich geklärt hatte. Daß Iwan gezwungen war, die eingenommenen Devisen mit seinem KGB-Mann zu teilen, gehört nicht hierher, und zudem wußte Mr. Rubin davon nichts.

«Prost», sagte er und hob erneut sein Glas. «Und was tun die Damen hier in dieser gottverlassenen Stadt?»

Die Frage versetzte Mrs. Butterfield in solche Aufregung, daß sie sich verschluckte.

«Wir haben sie in einer Tombola gewonnen», erwiderte Mrs. Harris. «Die Reise, meine ich. Sonst hätten wir uns das gar nicht leisten können. Ich arbeite in London als Reinmachefrau, und meine Freundin kümmert sich im ‹Paradise Club› um die Damen.»

Mr. Rubin hob noch einmal sein Glas, und wieder erhellte ein reizendes Lächeln seine Züge. «Das Salz der Erde. Britanniens Bollwerk. Ich liebe Sie beide.»

Mrs. Butterfield zeigte mit einemmal die gleiche Unruhe und Verstörtheit wie vorher in dem Zimmer am Ende des Ganges, das sie mit ihrer Freundin teilte.

Mrs. Harris wußte nicht genau, wie sie Mr. Rubins zärtliche Erklärung aufnehmen sollte, hielt sie dann jedoch dem Gin zugute. Sie sagte: «Sehr verbunden, Mister Rubin.» Ihr Blick wanderte erneut zu den Musterbüchern, und sie fragte: «In was reisen Sie, Mister Rubin?»

«Ah, Sie haben es also erraten», sagte er. «Übrigens ... sagen Sie doch Sol zu mir. Sol, Violet und Ada, und dies auf uns drei», und er nahm einen weiteren tüchtigen Schluck. «In Papier», fuhr er fort. «Ich habe den größten Papierkonzern im ganzen Vereinigten Königreich.»

«Oh», sagte Ada, und in ihrem schlauen Köpfchen arbeitete es blitzschnell. «In Papier», wiederholte sie. «Und was die hier absolut nicht haben, ist ...»

«Genau», sagte Rubin. «Und wenn die wüßten, daß ich mich mit Ihnen oder sonst jemand über diesen Punkt unterhalte, bekämen die bestimmt einen Tobsuchtsanfall oder würden mich vielleicht sogar einlochen. Man kann nie wissen ...»

Hier fing Mrs. Butterfield plötzlich wieder an, eine Pantomime darzustellen.

Rubin warf den Kopf in den Nacken und brach in schallendes Lachen aus. «Sie meinen Wanzen?» sagte er. «Die hab ich alle aufgestöbert. Das ist so ziemlich die einzige Unterhaltung, die ich hier habe. Wissen Sie, wie lange ich schon hier bin? Acht Wochen! Seit acht Wochen warte ich darauf, daß die sich zu etwas entschließen. Ich könnte hier schon mit Leichtigkeit den Fremdenführer spielen, Kreml, Basilius-Kathedrale, all das Zeug in den Museen –» sein Tonfall war jetzt der eines Fremdenführes – «hier rechts sehen Sie die prächtig bemalte Karosse, ein Geschenk von Englands großer Königin Elizabeth I. an Iwan den Schrecklichen, und nach dem Lunch werden wir das einzigartige Museum für bildende Künste ‹A. S. Puschkin› besuchen. Lenin, den alten Knaben, der da drüben in dem Marmorblock ausgestellt ist, habe ich schon fünfmal gesehen. Und glauben Sie mir: Schöner wird er auch nicht mit den Jahren.» Der Gin hatte ihn inzwischen fest im Griff, und er lallte mehr als daß er sprach. «Die müssen ihn da bald mal herausholen und ihn ein bißchen aufmöbeln. Bei jedem Schritt, den ich tue, folgt mir dieser KGB-Kerl auf den Fersen. Manchmal setzen wir uns irgendwohin und trinken ein Glas zusammen, aber da er kein Englisch spricht, hat das auch nicht viel Sinn. Also bleibe ich meistens auf meinem Zimmer und unterhalte mich, so gut es geht. Die haben übrigens die Dinger offenbar gar nicht mehr zu reparieren versucht. Kommen Sie, ich zeige sie Ihnen.» Er veranstaltete für seine Gäste sozusagen eine kleine elektronische Führung durch den Raum und deutete auf die Stellen, wo winzige Mikrophone und andere Abhörapparate, deren Drähte er sorgfältig gekappt hatte, installiert waren.

Mrs. Harris war fasziniert. «Wer hätte das gedacht!? Aber sind Sie sicher, daß Sie alle erwischt haben?»

«O ja», erwiderte Rubin, «mit der Zeit kriegt man raus, wo sie sie hinstecken. Es ist ein bißchen so, wie mit dem Kreuzworträtsel im *Evening Standard.* Da weiß man nach einer Weile auch die richtigen Antworten auf immer wiederkehrende Fragen. Und was glauben Sie, was jetzt unten los ist, weil die alte Schachtel Sie nicht daran gehindert hat, mein Zimmer zu betreten?»

«Aber um was geht es denn eigentlich?» fragte Mrs. Harris, die versuchte, all die seltsamen Enthüllungen auf einen Nenner zu bringen. «Ich dachte . . .»

«Ha!» unterbrach sie Rubin. «‹Njekulturno›. Das Wort hab ich hier gelernt. Unkultur. Der Russe versucht jeden mit seiner Kultur zu beeindrucken. Und er hält es für Unkultur, mit heruntergelassenen Hosen dazusitzen und nicht ein einziges Stück . . .» Er unterbrach sich, da Mrs. Butterfield, ungeachtet der Art ihres eigenen Arbeitsplatzes, irgendwie peinlich berührt schien. Aber dort gab es schließlich keine Herren.

«Und das ist nicht nur hier so», fuhr Rubin fort. «Wußten Sie, daß die Leute in Japan danach Schlange stehen? Daß im Augenblick eine chinesische Handelsdelegation in London ist, um welches einzukaufen? Und daß mehrere der neuen kleinen Staaten in Afrika, die bisher nie welches kannten, sich plötzlich darum reißen? Lieferschwierigkeiten überall, und ich sitze auf dreihundertachtzig Millionen Rollen!»

«Großer Gott!» rief Mrs. Harris aus, unfähig, sich einen solchen Berg aus Toilettenpapier auch nur vorzustellen. «Warum verkaufen Sie es ihnen denn nicht?»

«Deshalb bin ich ja hier», antwortete Rubin. «Meine Firma hat jede Menge davon. Das Versorgungsministerium möchte das Geschäft gern mit uns machen, doch der Handelsminister kann Juden nicht leiden und verweigert das Placet. Die großen Tiere in der Regierung tun so, als wüßten sie von nichts und wollen, daß die andern die Sache unter sich aushandeln – und ich sitze hier fest.»

Ada, praktisch denkend wie immer, fragte: «Warum hauen Sie nicht ab und verkaufen den Posten an jemand anderen?»

«Weil ich nicht kann», gab Rubin gereizt zurück. «Sie haben mir den Paß abgenommen.»

Mrs. Butterfield stieß einen kleinen Schrei aus und rief: «Siehst du,

Ada, ich habe es dir ja gesagt ... so sind sie.»

Ada, die einerseits die Ängste ihrer Freundin beschwichtigen, andererseits Mr. Rubins Worte nicht anzweifeln wollte, sagte: «Aber sie müssen Ihnen den Paß doch wiedergeben.»

«Die nicht!» schaubte Rubin. «Wir sind hier in Rußland, meine Damen, hier ist alles möglich. Ich will Ihnen ein Beispiel erzählen: Es gab eine Fabrik, wo die Leute ihr eigenes Toilettenpapier produzierten, und zwar in so großen Mengen, daß alle russischen Großstädte damit versorgt werden konnten. Na schön, dem Kerl, der den Laden schmiß, war von diesen Typen auf dem Versorgungsamt eine große Papierlieferung zugeteilt worden, nur – er bekam sie nie.»

«Und warum nicht?»

«Weil der Bursche vom Grußkartensyndikat sich in der betreffenden Behörde jemanden gekrallt hat und die Lieferung an seine eigene Fabrik umleiten ließ. Jetzt haben sie also mehrere Milliarden Grußkarten, aber kein Klopapier. Doch wer braucht schon Grußkarten, wenn er ...»

«Ich glaube, wir müssen jetzt gehen», unterbrach ihn Mrs. Butterfield, «unsere Fremdenführerin hat gesagt, sie würde uns zum Essen abholen.»

«Dann aber vorher noch ein kleines Gläschen», sagte Mr. Rubin, «aller guten Dinge sind drei.» Sein Gesicht war ziemlich gerötet; zwar hatte er seinen Gästen nicht mehr als üblich eingeschenkt, sich selbst jedoch jedesmal ein halbes Wasserglas voll. Nachdem er nachgefüllt hatte, hob er sein Glas und sagte: «Prost, Papier!» und nahm einen kräftigen Schluck.

Das Wort Papier schien bei dem kleinen Mann irgendwelche Schleusen zu öffnen, was Mrs. Butterfields Ängste und innere Unruhe erheblich steigerte. Die Pupillen hinter den dicken Brillengläsern vergrößerten sich, und es sah aus, als sträube sich plötzlich sein Schnurrbart.

«Papier!» brüllte er. «Blödes, idiotisches, gottverdammtes Papier! Es gibt nicht genug davon. Jeder braucht Papier! Man kann es nicht kaufen, es ist nicht aufzutreiben, und bald wird's nicht mehr genug Bäume mehr geben, um es herzustellen. Wissen Sie, was der *Express* und der *Evening Standard* und wie die Zeitungen alle heißen, die jeden Tag gelesen und dann weggeworfen werden, an Papier verbrauchen? Zwei Millionen Tonnen! Wo sollen die denn auf die Dauer herkommen? Telefonisch und telegrafisch fragen die Kunden bei uns an, sie alle wollen Papier, Papier und nichts als Papier. Wissen Sie, wie viele Millionen Menschen, die vorher nie einen Brief geschrieben haben, man gelehrt hat, Briefe zu schreiben, sie in Umschläge zu tun und zu frankieren? Und wissen Sie, worauf sie schreiben? Auf Papier!

Und woraus sind die Umschläge und die Marken? Aus Papier!»

Inzwischen standen ihm die Haare zu Berge, und er ließ sich nun gänzlich von seinem Thema fortreißen: «Einwickelpapier! Butterbrotpapier! Tapeten! Taschentücher! Papierhandtücher! Kein Mensch schneuzt sich noch in ein solides, altmodisches Taschentuch. Nein, es muß in Papier geschneuzt werden, das die armen Bäume zu liefern haben. Ich sage Ihnen, es ist kein Ende abzusehen! Löschpapier! Schrankpapier! Papierservietten, Tassen und Teller aus Papier, Postkarten, Formulare, Kalender, Stimmzettel, Flugzettel, Wurfsendungen, Plakate! Papierhüte und Papierschlangen für Silvester!»

Plötzlich schien Mr. Rubin entweder der Atem auszugehen oder ihm fiel nichts weiter ein, wozu Papier gebraucht wurde; zusammengesunken saß er da, umklammerte jedoch nach wie vor sein Glas und starrte seine Gäste so finster an, daß Mrs. Butterfields Ängste erneut aufflammten und selbst Mrs. Harris ein wenig beunruhigt war. Bei ihr war es mehr der plötzliche Umschwung in seinem Gebaren, obwohl ihr noch kein Betrunkener untergekommen war, mit dem sie nicht fertig geworden wäre. Rubin holte tief Luft und stärkte sich mit einem weiteren großen Schluck Gin. «Wissen Sie, wozu es kommen wird?» brüllte er. «In ein paar Jahren wird's überhaupt kein Papier mehr geben. Kein einziges Fitzelchen. Und was wird der arme Sol Rubin dann machen? Ich habe mir schon alles genau überlegt. Tonerde wird es immer geben, jede Menge. Für Keramik und Prozellan.» Er legte eine kleine Pause ein, um seinem Geheimrezept für künftige Erfolgsaussichten mehr Nachruck zu verleihen. «*Bidets!* Keiner wird sich mehr ohne behelfen wollen.»

«Bidets?» fragte Mrs. Butterfield verwirrt, doch Mrs. Harris, die sich in Adelskreisen bewegte, sagte: «Ich weiß. Wie bei Lady Dant.»

An der Tür ertönte ein lautes, hartes Klopfen. Ohne daß jemand «Herein» gerufen hätte, öffnete sie sich. In der Türöffnung stand Praxewna Ljeljeschka, hinter ihr saß Mrs. Bärbeiß drohend an ihrem Tisch. Der Anblick war alles andere als erfreulich.

Die Intourist-Führerin sagte: «Aha, hier Sie stecken. Ich nicht sagte, Sie sollen auf Zimmer bleiben, bis ich Sie holen?»

Mrs. Harris war nicht beschwipst, sie fühlte sich bloß angenehm gelockert und widerte: «Haben Sie das, Schätzchen? Das haben wir dann wohl vergessen. Mein Gedächtnis ist auch nicht mehr das, was es war.»

Mr. Rubin winkte einladend. «Kommt herein, ihr Russinnen, und trinkt ein Glas mit.» Er schwenkte die Ginflasche. «Wenn der Vorrat nicht reicht, holen wir Nachschub. Ich bin hier der King, und zwar so lange, bis die sich endlich entscheiden, ob sie das Geschäft nun mit mir machen wollen oder nicht.»

Die beiden Russinnen wechselten einen Blick miteinander, und ihre

Löschpapier, Schrankpapier ...

...Papierhüte, Papierschlangen, Tapeten, Zeitungen, Briefpapier, Postkarten, Teller aus Papier – jeder braucht immer mehr Papier – stöhnte Mr. Rubin.

Nicht zu vergessen: das Papiergeld. Im Unterschied zu anderem Papierenem sind Banknoten keine Wegwerfware. Man kann sie öfters verwenden. Wo sonst wird mit Papier so sparsam umgegangen!

Pfandbrief und Kommunalobligation

Meistgekaufte deutsche Wertpapiere - hoher Zinsertrag - bei allen Banken und Sparkassen

Verbriefte Sicherheit

Gesichter drückten Ärger und Verwirrung aus. Was immer sich das KGB im Hinblick auf die beiden Engländerinnen und das Verhalten ihnen gegenüber ausgedacht hatte – die gegenwärtige Situation war nicht vorgesehen.

Schließlich sagte die Intourist-Führerin: «Jetzt nicht Stunde zum Trinken. Jetzt essen. Kommen Sie, ich Sie bringen. Gutes russisches Abendessen.»

Violet sagte: «Ich glaube, Ada, es ist besser, wenn wir jetzt . . .» Und dann zu Rubin: «Verbindlichsten Dank, Mr. Rubin.»

Ada setzte hinzu: «Es war uns ein Vergnügen, und wir sind Ihnen sehr verbunden. Ich hoffe, es klappt – Sie wissen schon was.»

Mr. Rubin geleitete sie mit schwungvollen Armbewegungen zur Tür. «Das Vergnügen war ganz auf meiner Seite. Wir sehen uns sicher noch mal wieder.»

Der Abgang wurde mit großer Würde bewerkstelligt.

Als sie nach dem Essen wieder hinauffuhren, waren sie immer noch in Begleitung der Intourist-Führerin. An dem Tisch neben dem Fahrstuhl saß jetzt ein anderer Zerberus (Madame Bärbeiß hatte offenbar Feierabend gemacht), eine unauffällige Person ohne besondere Kennzeichen, die ihnen schweigend den Zimmerschlüssel überreichte. Madame Praxewna Ljeljeschka – für Ada und Violet inzwischen Tante Praxi oder schlicht Tantchen – ließ die beiden, zu Adas Ärger, immer noch nicht allein. Beim Essen hatte sie an ihrem Tisch gesessen und eine Menge geredet; offensichtlich hatte sie den Auftrag, ‹freundlich› zu den Touristen zu sein, doch Ada war das Gefühl nicht losgeworden, daß sie bei der Gelegenheit auch ausgehorcht werden sollten.

«Kommen Sie», sagte die Fremdenführerin, «ich Sie bringen auf Zimmer.»

Ada sagte: «Das beste wäre vielleicht ein Blindenhund.»

Die Führerin starrte sie an. «Ein Blindenhund?»

«Ja, damit er uns hilft, unser Zimmer zu finden.»

Tantchen ging schweigend darüber hinweg und marschierte vor den beiden den Gang hinunter. Als sie sich ihrem Zimmer näherten, öffnete sich die Tür zum Raum für Angestellte, und ein Mann steckte den Kopf heraus, zog ihn aber rasch wieder zurück, doch Mrs. Harris hatte ihn gesehen, und dazu noch etwas anderes: Ada war es, als hätte Tante Praxi einen Augenblick gestutzt.

Sie standen vor der Tür zu ihrem Zimmer, und Mrs. Butterfield schloß auf. Tantchen wollte sich immer noch nicht zurückziehen. Aus einem ihr unverständlichen Grund wurde Mrs. Harris von Minute zu Minute gereizter, und sie fragte wütend: «Schlafen Sie vielleicht bei uns, Schätzchen? Das wäre natürlich entzückend, aber ich hoffe, das kostet nichts extra.»

Die Führerin sagte gleichgültig: «Ich nur sehen wollen, daß alles in Ordnung für Sie.»

«Alles ist in wunderschönster Ordnung.»

«Ich morgen früh kommen und zeigen, wo Frühstück. Schlafen Sie gut.»

Sie betraten ihr Zimmer. Mrs. Harris ließ ihren Blick im Halbkreis durchs Zimmer wandern – gleich dem Lichtstrahl eines Leuchtturms. Sie sagte: «Na, zumindest war das Mädchen da und hat die Betten aufgedeckt und ein bißchen Ordnung gemacht. Die haben doch was dazugelernt. Puh, war das ein Tag! Eine Mütze voll Schlaf wird mir guttun.»

Solche und ähnliche geistreichen Bemerkungen machte Mrs. Harris noch eine ganze Weile in der Hoffnung, Mrs. Butterfield von etwas ablenken zu können, das Ada beim Betreten des Zimmers sofort aufgefallen war: Der ganze Raum sowie ihr Gepäck waren gründlich durchsucht worden.

Jetzt hatte sie die Erklärung für das unbehagliche Gefühl, das sie vom ersten Augenblick an hier in Moskau empfunden hatte: Sie und Violet waren überwacht worden, und man hatte sie keinen Moment aus den Augen gelassen, abgesehen von dem kurzen Ausflug in Mr. Rubins geheimen Ausschank.

Sie tastete nach Mr. Lockwoods Brief an ihrer Seite und spürte das beruhigende Knistern, das heißt – eigentlich war es inzwischen eher beunruhigend. Sollte Violet recht haben, und es waren wirklich irgendwelche Gefahren damit verbunden? War Liz deshalb nicht am Flughafen gewesen? Hatte sie, Ada, sich da auf etwas eingelassen, was sie besser nicht getan hätte? Steckte Liz bereits in Schwierigkeiten? Sie erinnerte sich an das Foto und an Mr. Lockwoods Gesichtsausdruck. Ein Gefühl, mehr von Trauer und Furcht, überkam sie.

Doch die Entdeckung, daß sie beschattet wurden, war zweifellos beunruhigend, und sie holte den Brief aus seinem Versteck hervor. Während Mrs. Butterfield die Funktionsfähigkeit des Badezimmers erkundete, tat Ada den Brief vorsichtshalber wieder in Ihre Handtasche.

Absolut ahnungslos, was die gemachten Entdeckungen anging, erschien Mrs. Butterfield in der Badezimmertür und verkündete: «Jetzt läuft das warme Wasser, kochend heiß sogar. Aus allen Hähnen.»

12

Am nächsten Tag wurden Mrs. Harris, Mrs. Butterfield und die anderen Reiseteilnehmer auf das ein für allemal festgelegte Besichtigungsprogramm der Pauschalreise 6A geschickt. Die Fremdenführerin war pünktlich erschienen, um sie zum Frühstück abzuholen, das Zimmermädchen hatte sich vorher schon im Zimmer zu schaffen gemacht, und ganz kurz war auch ein Mann im Regenmantel aufgetaucht. Als die Reisegesellschaft sich vor dem Hotel versammelte und auf den Bus wartete, sah Ada sich die anderen Touristen genau an. Nach der Entdeckung am Vorabend, daß ihr Zimmer durchsucht worden war, wollte sie ihre scharfe Beobachtungsgabe nutzen. Zwei von ihnen – einen Mann und eine Frau – hatte sie bisher nicht gesehen; ihr fiel auf, daß die Kleidung, die sie trugen, eine Nuance anders geschnitten war als sonst bei Ausländern. Waren das nun Spitzel? Und wenn, was um Himmels willen wollten sie herauskriegen?

Sie war schon fast versucht, sich zu entschuldigen, auf ihr Zimmer zurückzugehen und das zu tun, worum Violet sie bereits mehrmals gebeten hatte: den Brief zu zerreißen (falls es darum ging) und ihn in die Toilette zu werfen, als ihr einfiel, daß die Spülung nicht funktionierte. Doch noch etwas hinderte sie daran, und zwar der Gedanke, daß sie vor ihrer Rückkehr nach England doch vielleicht irgendwo durch Zufall Liz begegnen, das schöne, traurige Gesicht in irgendeiner Menschenmenge entdecken könnte.

Staunend marschierten sie über das Kopfsteinpflaster des Roten Platzes – das russische Disneyland – und wurden von der atemberaubenden Wucht und den gigantischen Mauern, Türmen und Kuppeln schier erdrückt.

Sie bestaunten pflichtgemäß die Kanone Zar-Puschka, die so gewaltig war, daß man mit ihr die steinerne Kanonenkugel von einem Meter Durchmesser nie hätte abschießen können, denn die dazu nötige Schubkraft hätte den halben Kreml weggefegt. Auch zeigten sie sich geziemend beeindruckt von der Riesenglocke Zar-Kolokol aus dem 18. Jahrhundert, die nie geläutet hatte, da das Gerüst unter ihrem Zweihundert-Tonnen-Gewicht zusammengebrochen und die Glocke beim Sturz gesprungen war. Das dabei herausgebrochene Stück war so groß, daß man das Innere der Glocke betreten und darin umhergehen konnte.

Mrs. Harris sagte: «Wozu ist das gut, wenn es nicht funktioniert?»

Mrs. Butterfield sagte: «Ein wahrer Segen, daß es das nicht tut. Wir wären sonst bis zum Lebensende stocktaub. Aber es macht sich alles sehr malerisch.» Sie fügte hinzu: «Sind diese Kirchen nicht entzückend? Bei uns zu Hause gibt es solche nicht.»

«Die funktionieren auch nicht, jedenfalls nicht mehr», bemerkte Mrs. Harris. Es war ihr nicht entgangen, daß das ihr unbekannte Paar sich immer in Hörweite von ihr und Violet hielt, wohin sie sich auch wandten. Nachdem sie den Roten Platz umrundet hatten – die märchenhaft buntfarbene, riesige Basilius-Kathedrale lag zum Glück nicht in der Schußlinie der hypermodern anmutenden, auf hohen Sockeln ruhenden Raketen aus rostfreiem Stahl, der Stolz der friedliebenden Moskowiter –, bummelten sie am staatlichen Kaufhaus GUM entlang, das weniger einem Kaufhaus als einem Palast glich, und am Hotel ‹Rossija› mit seinen 6000 Betten vorbei, das wiederum ein Warenhaus hätte sein können, und bald schwindelte es ihnen vor lauter regenbogenbunten Kathedralen, die ihre Zwiebeltürme in den russischen Himmel reckten. Schließlich näherten sie sich dem Hauptereignis der morgendlichen Führung, dem Lenin-Mausoleum, dessen eckige, gedrungene Form nach all den Kirchen und Türmen mit ihren geschwungenen oder aufragenden Konturen ganz ungewohnt anmutete – ein wuchtiger, niedriger Bau aus rotem Granit und einem Querstreifen aus schwarzem Marmor an der Vorderfront, der den Namen LENIN in kyrillischer Schrift trug. Links und rechts davon befand sich je eine Terrasse aus ukrainischem Granit.

Eine dunkle Menschenschlange – Männer und Frauen in unansehnlicher Kleidung – wartete seit Stunden geduldig auf Einlaß.

Die Intourist-Führerin sagte: «Wir besichtigen nun das Mausoleum des großen Lenin, des glorreichsten Helden unseres Volkes. Weil Sie sind Touristen, man wird Sie vorlassen vor den anderen. Sie bitte leise sein, und wenn Sie haben den großen Mann Ehre erwiesen, Sie gehen bitte weiter, weil viele Menschen warten.»

«Also so was», sagte Mrs. Harris, «ist das hier jeden Tag so?»

«Ja, Madam, selbst im Winter.»

Violet sagte: «Wer liegt hier, hat sie gesagt?»

«Lenin. Er hat die Revolution gemacht. Das ist sein Grabmal, und man kann ihn sich ansehen.»

Sie gingen im Gänsemarsch durch das Portal, vorbei an den Wachen – zwei Soldaten in tadellosen Uniformen mit aufgepflanztem Bajonett – und weiter eine Treppe hinunter. Es war so dunkel, daß man kaum etwas sah.

«Puh!» bemerkte Violet. «Hier riecht's aber muffig.»

Ada stieß sie in die Seite. «Schsch! Ja, du hast recht, aber wir sind schließlich hier zu Gast, und es ist nicht höflich, seine Gastgeber zu kritisieren.»

Irgendwo aus der Dunkelheit ertönte ein leises mahnendes «Schsch!»

Sie waren jetzt in einem unterirdischen Raum, der offenbar von dem matten Licht beleuchtet wurde, das in dem in der Mitte befindlichen Glassarg brannte.

«Großer Gott», flüsterte Mrs. Butterfield, «den haben sie aber prächtig aufgebahrt.»

«In seinem besten Anzug», erwiderte Mrs. Harris ebenso leise, «genau wie mein Mann. Aber ich habe nicht erlaubt, daß die Leute ihn sich ansehen, weil er das nicht gewollt hätte. ‹Schließen Sie den Sarg›, habe ich zu dem Mann vom Beerdigungsinstitut gesagt, und . . .»

Wieder ertönte das mahnende «Schsch!»

Sie standen jetzt vor dem Sarg und blickten auf die kleine Gestalt mit der hohen Stirn, den geschlossenen Augenlidern und dem spitz zulaufenden Kinnbart hinunter.

Mrs. Butterfield mußte es natürlich aussprechen oder – besser gesagt – wispern, da jedes laute Wort in dieser Katakombe ein Sakrileg bedeutet hätte: «Man könnte denken, er schliefe nur.»

«Nein, das finde ich nicht», entgegnete Mrs. Harris, und ihr Herz war plötzlich von Trauer und Mitleid erfüllt. «Er sieht aus wie eine von Madame Tussauds Wachsfiguren, und wenn du mich fragst, sieht er da sogar noch echter aus.» Urplötzlich hatte Mrs. Harris das Gefühl, es nicht eine Minute länger aushalten zu können, und sie raunte Violet zu: «Es ist eine Schande! Warum hat man den armen kleinen Kerl, nachdem er nun schon mal tot ist und sich nicht wehren kann, nicht anständig begraben, wo man angeblich so große Stücke auf ihn hält? Ihn so herauszuputzen und als Sehenswürdigkeit zur Schau zu stellen, ist nicht recht. Jeder x-beliebige glotzt da durch den Glasdeckel, und er darf nicht mal sagen: ‹Schert euch doch zum Teufel!›»

Sie merkte, wie sie vorwärts geschoben wurde, und hörte eine Stimme sagen: «Bitte weitergehen.»

«Wirklich nicht schön für den armen kleinen Kerl», sagte Ada und ging weiter.

Mrs. Harris stellte fest, daß Moskau immer wieder aufregende und oft wunderschöne Überraschungen bot – es war, als zöge man einen Gewinn nach dem anderen aus der Lotterietrommel. Man wußte vorher nie, was man bekam oder erlebte. Das allgemeine Straßenbild, das sich ihnen bot, stimmte sie traurig: die schlecht sitzenden Anzüge der Männer, die Strickjacken, dicken Wollschals und Kopftücher der Frauen, aber mehr noch die gebückten Gestalten in Schwarz, alte Frauen und auch junge, die die Straßen fegten, in der Hand jene dicken Reisigbesen, auf denen im Märchen die Hexen geritten waren. Auch entgingen ihr die großen, schwarzen, von einem Fahrer gelenkten Limousinen nicht, in deren Fond, bequem zurückgelehnt, wohlgenährte ältere Männer saßen, und sie flüsterte im Bus Mrs. Butterfield zu: «Sieht so aus, als wären die einen bessere Kommunisten als die andern, wie? Genau wie bei uns dürfen die Frauen die Drecksarbeit machen.»

«Einer muß sie ja machen», erwiderte Mrs. Butterfield philosophisch.

Doch gleich darauf hieß es wieder aussteigen, und sie schoben sich durch die hinter den dicken roten Kreml-Mauern verborgenen Gewölbe der berühmten Rüstkammer und waren buchstäblich geblendet von dem strahlenden Glanz der Schwerter, Lanzen und Armbrüste, der goldenen, mit Edelsteinen verzierten Zarenkronen, Zepter und Reichsäpfel. Hier sah man eine einzigartige Sammlung von Zarenthronen, herrliche Gold- und Silberschmiedearbeiten, Goldstickereien, Beinschnitzereien und vieles andere. Der hier gezeigte Reichtum überstieg jede Vorstellung, angefangen von den zierlichen juwelenbesetzten Ostereiern und Miniaturblumen des berühmten Juweliers Fabergé bis hin zu den alten Paradekutschen mit Goldbeschlägen, manche davon wahre Häuser auf Rädern. Die Ikonen waren teilweise derart mit Perlen und kostbaren Steinen überladen, daß sie völlig unförmig wirkten und ihres eigentlichen Sinnes beraubt. Selbst Zaumzeug, Sättel und Satteltaschen waren überreich mit Türkisen, Goldfiligran, Lapislazuli, Topasen und Diamanten besetzt.

Der Anblick war einfach überwältigend. Die Juwelen und Preziosen versprühten ganze Strahlenbündel flammender Farben. Ada sagte: «Mein Gott, Violet, dagegen sehen unsere Kronjuwelen im Tower aus wie von Woolworth, wie?»

Mrs. Butterfield sagte: «Ich dachte, die wären hier alle arm. Wem gehört denn das ganze Zeug?»

Mrs. Harris erwiderte: «Das weiß ich auch nicht, aber vielleicht sollten sie es verkaufen und den Erlös verteilen, damit jeder was davon hat – das verlangen sie doch immer. Dann könnten die Leute sich anständige Kleider leisten und möglicherweise auch ein funktionierendes Badezimmer.»

Plötzlich stand die Intourist-Führerin neben ihnen und sagte feierlich: «Das alles gehört dem Volk.»

Aus der Menge ließ sich eine Stimme vernehmen: «Ich dachte, dieser ganze Zarenkram sei abgeschafft worden.»

Die Fremdenführerin sagte: «Zaren gibt nicht mehr, aber wir zeigen Ihnen Beispiele von wundervolles russisches Kunsthandwerk.»

Danach wurden die Touristen in die wartesaalähnliche Speisehalle eines Hotels verfrachtet, wo schlecht gelaunte Kellner und Kellnerinnen ihnen ein Allerweltsessen servierten. Und von dort ging es dann weiter in die verschwenderische Pracht des einmaligen Bolschoi-Theaters, wo sich ein Märchenballett vor ihnen entfaltete. Es gab *Dornröschen*, und wieder fiel Ada der eigenartige Kontrast zwischen Publikum und Bühne auf: Im Zuschauerraum grobknochige, gedrungene Männer und Frauen, die alle wie aus demselben Granitblock gemeißelt wirkten, die Männer mit offenem Hemdkragen, die Frauen in Kleidern, die nur selten eine bunte Schleife oder sonst ein Zierat schmückte, und auf der Bühne Grazie, Schönheit und der Adel fließender, harmonischer Bewegung, vor allem aber die schlanken, ranken Tänzer selbst in ihren schimmernden Kostümen, die mit unirdischer Leichtigkeit durch die Luft zu schweben schienen. Es war nicht nur für Ada, sondern für jeden Ausländer schwer zu begreifen, daß die Menschen zu beiden Seiten des Proszeniums dem gleichen Volk angehörten. Diese schönen, ätherischen Wesen, auch sie Russen, hatten sich phönixgleich über die erdgebundene, schwerfällige Masse, die ihnen zusah, erhoben.

Wieder einmal wurden die Touristen von den weiten, offenen Plätzen der Stadt – einer Stadt, die, sobald man den Roten Platz und den Kreml-Bezirk hinter sich gelassen hatte, aus gleichförmigen, abweisenden, schmucklosen Häuserblocks bestand – in die unterirdischen Paläste der berühmten Moskauer U-Bahn geschleust. Jede Station war mit prächtigen Skulpturen, Wandmalereien, Flachreliefs, bunten Kacheln und farbenfrohen Mosaiken ausgestattet, doch die jeweilige Zusammenstellung zeugte oft von einer gewissen kindlichen, fast rührenden Großmannssucht.

Mrs. Butterfield sagte: «Was soll das alles, wenn sie es unter der Erde verstecken?» Doch Mrs. Harris, die merkwürdigerweise allmählich so etwas wie Sympathie, ja fast Verständnis für dieses unbegreifliche Volk aufzubringen begann, in dessen Mitte sie sich dank der gewonnenen Reise für ein paar Tage befand, erwiderte: «Ach, weißt du, Vi, wir sollten vielleicht im Gegenteil von dieser Pracht etwas mit nach Hause nehmen. Unsere U-Bahn-Stationen könnten ruhig ein bißchen heller und freundlicher sein.»

Der Ausflug nach Moskau erwies sich als so interessant, aufregend und ungewöhnlich, daß Mrs. Harris nur noch wenig an die Romanze zwischen Mr. Lockwood und der Dame seines Herzens dachte, und selbst die Tatsache, daß ihr Gepäck durchsucht worden war und sie ganz offensichtlich ständig von mehreren Geheimdienstleuten beschattet wurden, fügte sich irgendwie organisch ein in das Bild, das diese wunderbare Stadt samt ihren erstaunlichen Bewohnern bot. Bei genauerem Hinsehen glaubte man sich des Eindrucks nicht erwehren zu können, daß selbst ganz gewöhnliche, durch die Straßen hastende oder ihrer Arbeit nachgehende Bürger sich immer wieder verstohlen umsahen, als erwarteten sie, daß ihnen im nächsten Moment ein Polizist die Hand auf die Schulter legte. Es konnte doch weiß Gott nicht sein, dachte Mrs. Harris, daß man eine ganze Nation immerzu verdächtigte, irgend etwas im Schilde zu führen, doch die Unmenge von Polizisten, Milizsoldaten und Angehörigen des Geheimdienstes, die auch in Zivil als solche zu erkennen waren, und auf der anderen

Seite das scheue und irgendwie schuldbewußte Gebaren der Bevölkerung und ihr Widerstreben, mehr als drei Worte mit einem Fremden zu wechseln, gaben einem das Gefühl, daß es vielleicht doch so war. Aber das war schließlich eine Sache, die sie als Ausländerin nichts anging, und Ada dachte schon bald nicht mehr an den Brief in ihrer Handtasche.

Wenn es bei der ganzen, so gelungenen Reise doch eine bittere Enttäuschung gab, so hielten sowohl Mrs. Harris wie Violet es für richtiger, nicht darüber zu sprechen. Und zwar handelte es sich um Mrs. Butterfields Pelzmantel. Ada schwieg, weil sie bis jetzt nirgendwo einen derartigen Gegenstand gesehen hatte, den man hätte käuflich erwerben können, und Mrs. Butterfield enthielt sich jeder Äußerung darüber, weil sie als geborene Pessimistin gegen Enttäuschungen gefeit war und von vornherein nicht damit rechnete, daß ihre Wünsche und Hoffnungen in Erfüllung gingen.

Die wenigen Mäntel, denen sie bei den verschiedenen Führungen durch die Stadt begegneten, waren abgetragene und meist schmutzverkrustete Pelze, die Bauern vom Lande trugen. Man war zwar nicht im Winter, doch abends wurde es empfindlich kühl, und auch dann zogen die Menschen nur dicke Wollmäntel an oder mummten sich in Schals und Strickjacken ein. Nicht einmal der bescheidenste Bisampelz – das Fell eines minderwertigen, von der Rauchwarenindustrie wenig geachteten Nagers – war zu erblicken, weder in dem großen Kaufhaus GUM noch in einem der vielen anderen Geschäfte. Die meisten russischen Männer trugen Pelzkappen, die von irgendeinem anonymen Vierfüßler stammten, und damit hatte sich's.

Hinter vorgehaltener Hand erfuhr Ada von den anderen Mitreisenden, daß das ‹Berjoska› wohl versorgt mit Schätzen sei, die man gegen ausländische Währung erstehen könne, doch da offenbar keiner in der Gruppe das nötige Kleingeld hatte, war ein Besuch dieses exklusiven Konsumtempels nicht vorgesehen. Auch neigte sich der Aufenthalt in Moskau dem Ende zu; am nächsten Tag sollte die Gruppe wieder abfliegen.

Ada Harris, die sich gern selbst ein Bild davon machen wollte, ob es für ihre Freundin auf dem Pelzsektor wirklich nichts Erschwingliches gab, hatte gefragt, ob sie und Mrs. Butterfield am Nachmittag nicht ins ‹Berjoska› gehen könnten, um dies und jenes einzukaufen.

Die Antwort der Fremdenführerin war ein strenges «Njet» gewesen. «Völlig unmöglich», hatte sie gesagt. «Das bei dieser Tour nicht vorgesehen. Außerdem Sie werden feststellen, daß alles viel zu teuer.»

Praxewna Ljeljeschka hatte ihre Anweisungen: *Keine der beiden Frauen war auch nur eine Sekunde aus den Augen zu lassen.* Ada mußte sich geschlagen geben, wie sehr sie es auch bedauerte, ihrer Freundin eine so herbe Enttäuschung bereiten zu müssen. Doch das war vor einem Telefongespräch, das der Genosse Oberst Gregor Michailowitsch Dugliew, Chef der Abteilung Spionage-Abwehr und für Innere Sicherheit, und Waslaw Wornow, Inspektor im selben Ressort, miteinander führten und in dem der Oberst, nachdem er hörte, welches negative Ergebnis die Überwachung der beiden Damen bisher gezeigt hatte, seinen Untergebenen einen Rüffel erteilte und anordnete, daß das Paar ab sofort ganz streng zu bewachen sei.

Übersetzt hätte der Wortwechsel sich etwa so angehört:

GREGOR MICHAILOWITSCH DUGLIEW: Genosse Inspektor Wornow, haben Sie einen Bericht über die beiden englischen Agentinnen Harris und Butterfield?
WORNOW: Nichts. Abgesehen von dem bedauerlichen Zwischenfall mit dem Papierhändler waren die beiden sich keine Sekunde selbst überlassen, sondern entweder ständig mit ihrer Reisegruppe zusammen oder sie wurden sogar noch schärfer beobachtet.
DUGLIEW: Was wollen Sie damit sagen ... waren die beiden sich keine Sekunde selbst überlassen!
WORNOW: Ja, genau das, Genosse Gregor Michailowitsch. Der Befehl lautete, daß sie vom Augenblick der Landung an keine Sekunde allein gelassen werden sollten, und die Berichte, die ich hier vor mir habe, sind durchaus vollständig, vom Aufstehen bis zum ...
DUGLIEW: Moment mal. Was war das eben? (Genosse Dugliews Stimme hatte jene bedrohlich sonore Klangfarbe angenommen, die ein unmittelbar bevorstehendes Gewitter ankündigte.) Wollen Sie damit sagen, daß den beiden nicht ein einziges Mal die Möglichkeit gegeben wurde, allein auszugehen, natürlich nicht ohne Beschattung, daß wir sie hätten festnehmen und verhören können?
WORNOW: Aber Genosse, meine Anweisung lautete eindeutig, daß mit ihnen nach Vorschrift 12 verfahren werden sollte. Ihr Gepäck ist durchsucht worden. Es wurde kein Code oder sonst irgend etwas Verdächtiges gefunden. Alle Abhörgeräte im Zimmer sind intakt. Es wurde alles getan, was wir in solchen Fällen zu tun pflegen, damit sie sich eines Vergehens schuldig machen, beispielsweise das Angebot eines vorteilhaften Wechselkurses, sich auf dem Schwarzen Markt Alkohol und Porno-Magazine zu kaufen oder von ihrer persönlichen Garderobe einiges zu verlockenden Preisen zu veräußern. Im Hinblick auf das ... hm ... vorgerückte Alter der beiden Personen haben wir von sexuellen Provokationen abgesehen, und so erschien auch der Einsatz von verborgenen Fernsehkameras überflüssig; allerdings haben wir natürlich Infrarotaufnahmen, aus denen hervorgeht, daß sie

keine Konterbande, gleich welcher Art, in ihrer Kleidung versteckt hatten. All unsere Lockangebote wurden kurzerhand zurückgewiesen. Im übrigen ist über jeden ihrer Schritte Protokoll geführt worden.

DUGLIEW (der Sturm bricht los): Sie Schwachkopf! Sie Idiot! Sie Tölpel! (Hier folgte eine Reihe russischer Kraftausdrücke, die sich weniger für eine Übersetzung eignen.) Wissen Sie denn nicht, daß es zur Vorschrift 12 einen Anhang A gibt, in dem bestimmt wird, daß verdächtigen Gruppenreisenden ein halber Tag zur freien Verfügung bleiben soll, damit sie Gelegenheit haben, das auszuführen, wozu sie nach Moskau gekommen sind ... Sie Kamel! Sie Esel!

WORNOW: Aber Genosse, ein solcher Anhang zur Vorschrift ist mir nicht auf den Schreibtisch gekommen.

DUGLIEW: Sie Stümper! Sie Pfuscher! Sie Einfaltspinsel! Als Beamter des KGB hätten Sie selbst auf den Gedanken kommen können!

WORNOW: Aber Genosse Gregor Michailowitsch, was hätte denn das genützt? Aus meinem Bericht geht hervor, daß die beiden Frauen entweder zu raffiniert sind für uns oder völlig unschuldig. Ich sagte Ihnen ja schon – sie haben jeder Versuchung widerstanden, wie sehr wir uns auch bemühten. Wozu sollte ein Einkaufsbummel gut sein, mit Geheimpolizei an jeder Ecke?

DUGLIEW: Sie Hohlkopf! Sie Kretin! Haben Sie denn noch nie etwas davon gehört, das es praktisch keinen Ausländer, ja, selbst keinen Sowjetbürger gibt, der sich auf dem Weg von der Gorki-Straße zum Roten Platz nicht mindestens dreimal irgendeines Vergehens schuldig macht und wenigstens viermal die Öffentliche Ordnung stört, ganz abgesehen von mehreren geplanten Verbrechen, die uns alle das Recht geben, ihn zu verhaften und drei Tage lang zu verhören? Stellen Sie fest, ob die beiden den Wunsch geäußert haben, ein paar Stunden zur freien Verfügung zu haben; wenn ja, sorgen Sie dafür, daß sie ihnen sofort bewilligt werden. Alarmieren Sie anschließend unverzüglich Abteilung 5, damit die entsprechenden Leute wie Miliz, Polizei, Geheimdienst etc. in Marsch gesetzt werden, die das Paar nicht aus den Augen lassen dürfen.

Und so kam es, daß an diesem sonnigen Nachmittag ihres letzten Tages in Moskau Praxewna Ljeljeschka um Viertel vor vier zu Ada Harris und Violet Butterfield sagte: «Meine Damen, Sie haben gefragt, ob Sie machen können zu zweit kleinen Einkaufsbummel. Ich habe mich um Erlaubnis bemüht, und Ihr Wunsch ist worden bewilligt. Verirren Sie sich nicht. Falls doch, sie sagen einfach Namen von Hotel. Man wird Sie dann weiterhelfen.» Kurz darauf standen sie mutterseelenallein im Herzen von Moskau.

«Wo gehen wir denn nun lang?» fragte Ada.
«Ich weiß nicht», entgegnete Mrs. Butterfield mit schwankender Stimme. Die unvermittelte Trennung von ihren Reisegefährten, die ihre Sprache sprachen und mit denen sie sich inzwischen ein wenig angefreundet hatte, ließ all ihre Befürchtungen und Ängste wieder aufleben. «Vielleicht hätten wir doch lieber mit ihnen zusammen bleiben sollen. Wenn wir uns nun verlaufen? Und wer weiß, was uns Schreckliches passiert.»

«Unsinn», erwiderte Ada, glücklich darüber, jeder Aufsicht ledig zu sein. «Als erstes sehen wir uns mal dieses ‹Berjoska› an. Ich habe mir gemerkt, wo es ist, als man es uns kürzlich gezeigt hat. Es ist gleich hier um die Ecke, hinter dieser Kirche da.»

13

Es stellte sich heraus, daß die Intourist-Führerin recht gehabt hatte: Das ‹Berjoska› war in der Tat nur etwas für Millionäre, und jeder andere vergeudete dort nur seine Zeit. Wenn die Sowjets es auf Valuta abgesehen hatten, lieferten sie dafür keine Reiseandenken billiger Art. Die Touristen-Prospekte versprachen das Beste und Verlockendste, was die Sowjetunion zu bieten hatte: Kostbare Steine, antike Gold- und Silberwaren, unschätzbare Ikonen aus alten Kirchen, Pretiosen aus der Werkstatt von Fabergé, Goldmünzen, hochkünstlerische Schnitzereien, Kunsthandwerk aus entlegenen Sowjetrepubliken, wie zum Beispiel Decken von einer solchen Feinheit, daß man meinte, die durch ein Nadelöhr ziehen zu können, handgewebte Seide und Spitzen, von den Pelzen zu schweigen.

Ada und Violet schlenderten mit großen Augen an den geschmackvollen Auslagen dieser Schatzkammer vorbei. Die Preise waren zur Bequemlichkeit des Publikums in Dollar, Pfund, französischen Francs und DM angegeben, mit besonderer Berücksichtigung der Pesos, Cruzeiros und Boliva der südamerikanischen Millionäre.

«Mein Himmel», sagte Mrs. Harris. «Was sollen wir hier? Für fünf Pfund bekommen wir hier höchstens das Packmaterial.»

Trotzdem machte den beiden der Einkaufsbummel Spaß – auch ohne Einkäufe. Ein Gegenstand, auch wenn er die unerschwingliche Summe von zwei- oder viertausend Pfund kostete, kann einem doch irgendwie Vergnügen bereiten, besonders dann, wenn man Mrs. Butterfields Meinung teilt, die von einigen der weniger liebevoll gearbeiteten Antiquitäten sagte: «O Gott, nicht geschenkt würde ich das in meiner Wohnung haben wollen.» Nachdem sie ihre erste halbe

Stunde der Ungebundenheit gründlich ausgekostet hatten, verließen die beiden Frauen das Kaufhaus wieder; auf der Straße wurden sie schon, ohne etwas davon zu ahnen, von ausgesuchten Polizisten und KGB-Leuten erwartet. Ironischerweise bedurfte es weder eines Polizisten noch eines Milizionärs oder Soldaten und auch nicht der Menge von Geheimdienstleuten in den verschiedensten Verkleidungen, angefangen von den allgegenwärtigen schwarzgekleideten, mit ihren Hexenbesen die Straße fegenden alten Frauen bis hin zu turkestanischen Juteverkäufern und usbekischen Kameltreibern, um Mrs. Harris und Mrs. Butterfield dazu zu bringen, eine der über hundert Vorschriften zu übertreten, die keinen anderen Zweck haben als Sowjetbürgern wie auch Touristen eine Falle zu stellen und sie, zumindest vorübergehend, festnehmen zu können. Alles geschah, als sei es sorgfältig inszeniert, sozusagen von selbst.

Als die beiden Frauen auf die sonnenhelle Straße traten, geblendet von dem grellen Licht und unschlüssig, welche Richtung sie einschlagen sollten, um die verbliebenen Stunden der Freiheit zu nutzen, kam ein uralter, siebensitziger Bentley – ein verbeultes, klappriges, bis obenhin mit Dreck bespritztes und über und über mit Straßenstaub bedecktes Vehikel – angerattert und hielt am Bordstein. Statt sieben drängten sich zehn Menschen in ihm zusammen, sechs junge Männer und vier Mädchen. Die jungen Männer trugen Jeans und T-Shirts mit den Namen verschiedener amerikanischer Universitäten auf der Brust, wie Forest Wake University, Yale, Princeton, Culver City Academy und University of West Oklahoma. Die jungen Mädchen waren ähnlich angezogen. T-Shirts waren damals große Mode, und man bekam sie überall in Europa zu kaufen.

Das sonderbare Gefährt und die höchst un-russisch aussehenden Insassen, die nun herausquollen und sich davor stellten, veranlaßten neugierige Passanten stehenzubleiben, und innerhalb weniger Sekunden hatten sich etwa fünfundzwanzig bis dreißig Leute angesammelt. Der Leiter der Gruppe, ein hochgewachsener junger Mann mit asketischen Gesicht und dem Blick des Fanatikers, steckte den Daumen in seinen Gürtel und sagte in feierlichem Ton: «Der Herr ist immer bei uns. Lasset uns alle gemeinsam singen und den Herrn preisen, der unser Schild und Schutz ist.» Ein anderer junger Mann holte ein Kornett hervor, setzte es an die Lippen und blies die Einleitung zu dem schönen alten Kirchenlied ‹Ein feste Burg›. Neun jugendliche Stimmen fielen ein.

Mrs. Harris war entzückt, denn sie hörte englische Laute und eine ihr seit Kindheitstagen vertraute Melodie. «Ach, ist das aber schön», sagte sie. «Wer hätte gedacht, daß uns hier in Moskau so etwas begegnet? Komm, Vi, laß uns mitsingen.» Laut und vernehmlich stimmten sie in den Gesang ein. Die Umstehenden blieben stumm, waren jedoch fasziniert, wie Russen es fast immer von Musik sind.

Das Lied ‹Ein feste Burg› war zu Ende; es folgte eine kurze Predigt, in der es hieß, der Mensch solle sein Vertrauen in die Liebe Gottes setzen. Dann kam das Lied ‹Jesus meine Zuversicht›, doch während der ersten Strophe näherten sich mit auffallender Geschwindigkeit zwei große schwarze Sim-Limousinen, vollgepackt mit Uniformierten.

Die Gruppe der Evangelisten vollführte eilends ein Zauberkunststück, das nur die Frucht langjähriger Erfahrung und Routine sein konnte. In Windeseile drückten sie jedem der Zuschauer ein Flugblatt in die Hand, stürzten sich in ihre alte Klapperkiste und brausten los. Im Handumdrehen waren sie verschwunden. Die Umstehenden nahmen sich ein Beispiel an ihnen und machten sich ebenfalls aus dem Staub. Als die beiden schwarzen Wagen am Bordstein hielten, standen nur noch Mrs. Harris und Mrs. Butterfield da und studierten höchst interessiert ihre Flugblätter.

Billiges Papier und schlechter Druck erschwerten die Lesbarkeit, doch die Botschaft war klar und verständlich.

Setzt euer Vertrauen in den Herrn, denn er wird die Sünder mit seinem Flammenschwert dahinstrecken, Ihr aber werdet unter den Seligen sein! Verlasset Jesus nicht, so wird er Euch nicht verlassen. Bringt Euren russischen Brüdern die Botschaft der Freude, denn der Herr, euer Stecken und Stab, ist nahe.

Die zweite Botschaft lautete schon ein wenig schärfer und angriffslustiger:

Duldet keinen Ungläubigen in Eurer Mitte, denn Jesus, unser Herr, ist bereit, ihn zu zerschmettern. Haltet den Glauben hoch, lasst die Sünden nicht obsiegen, weckt nicht den Zorn des Herrn gegen die, so ihn leugnen. Betet, auf dass sein Licht die Nacht und die Finsternis dieses Landes durchdringe.

Ganz unten auf dem Blatt war in winziger Schrift zu lesen: «Evangelische Missions- und Bibelgesellschaft ‹Victoria›, 31 Stratton Street, Victoria, London SW 1. Reverend R. W. Ploomer, D.D., R.D.D.»

Bis hierher war Ada gekommen, und sie sagte gerade: «Also so was. Stratton Street, das ist ja direkt bei meiner Mrs. Bingham um die Ecke. Ich bin Reverend Ploomer schon oft auf der Straße begegnet, ein gutaussehender großer Mann mit grauem Haar . . .», als den beiden schwarzen Wagen russische Gesetzeshüter aller Art entstiegen und

Mrs. Harris und Mrs. Butterfield vom Fleck weg verhafteten, weil sie sich im Besitz religiöser, von Ausländern ins Land geschmuggelter Traktate befanden, die aufwieglerische, die Innere Sicherheit der UdSSR bedrohende Unterstellungen und Behauptungen enthielten. Die beiden Frauen, die die Corpora delicti nach wie vor in der Hand hielten, waren wie vor den Kopf geschlagen, denn außer ihnen war weit und breit sonst niemand zu sehen. Alle anderen Zuschauer hatten ihre Flugblätter rasch zusammengeknüllt und auf die Straße geworfen, wo der Wind sie hochwirbelte und in den Rinnstein trieb.

Ein ganzes Heer von Polizeibeamten war auf Ada und Violet angesetzt. Darunter befanden sich nicht nur Gregor Michailowitsch Dugliew und Waslaw Wornow, sondern auch ein höherer KGB-Funktionär, dem das Dossier über die beiden angeblichen Agentinnen bekannt war. Zu seiner Erleichterung brauchte bei der Verhaftung keiner von seinen Leuten in Aktion treten, was bestimmt wieder, da es sich um Ausländer handelte, irgendwelche negativen Reaktionen in der westlichen Presse zur Folge gehabt hätte. So wie die Dinge lagen, konnte ein ganz gewöhnlicher Polizist das Paar wegen unerlaubten Besitzes von religiöser Literatur verhaften – ein vergleichsweise harmloses Vergehen. Hauptsache war, daß das KGB sie geschnappt hatte.

Zunächst wußten die beiden Frauen nicht, worum es sich handelte, da nur russisch gesprochen wurde, doch als der Polizist auf das Belastungsmaterial deutete und sagte: «Verbotten! Verbotten! Sie verhaftet, Sie mitkommen!», ging ihnen ein Licht auf, und gleich darauf befanden sie sich im Fond eines der großen schwarzen Wagen.

In diesem Augenblick geschah etwas, was man vielleicht als Zufall ansehen muß. Weder die Leute vom KGB noch Ada und Violet schenkten einem vorbeifahrenden Wagen irgendwelche Aufmerksamkeit, was auch nicht erwünscht war, denn es handelte sich um eines jener Intourist-Vehikel, die fast ausschließlich very important persons vorbehalten waren. Im Fond saß ein einsamer Fahrgast, dessen Blicke natürlich von dem Polizeiaufgebot und dem zur Strecke gebrachten Wild angezogen wurden. Für den Fahrgast waren derartige Szenen nichts Neues, und er wollte den Blick schon abwenden, als er sah, wie Ada in die schwarze Sim-Limousine bugsiert wurde. Er reagierte sofort. Der Wagen war inzwischen schon ein ganzes Stück weitergefahren, als ein heftiges Klopfen an der Glasscheibe den Fahrer zum Halten veranlaßte. Er wurde angewiesen zu wenden und weitere Instruktionen abzuwarten.

Am liebsten hätten die KGB-Leute ihre Gefangenen auf der Stelle in das Ljubjanka-Gefängnis geschafft, aber selbst das KGB hatte gewisse Vorschriften und Richtlinien zu beachten, und da die beiden Frauen keines Schwerverbrechens bezichtigt werden konnten, sondern höchstens einer kleinen Gesetzesübertretung, und dazu noch Ausländerinnen waren, schien es nicht ratsam, sie so ohne weiteres hinter Schloß und Riegel zu setzen. Der korrekte Weg war wohl der, sie aufs nächste Polizeirevier zu bringen und wegen unerlaubten Besitzes von Flugblättern in Gewahrsam zu nehmen; daraufhin konnte das KGB sich einschalten.

So wurde es beschlossen, und man fuhr mit den beiden Frauen ein paar Häuserblocks weit zum nächsten Revier. Der Intourist-Wagen setzte sich ebenfalls in Bewegung und fuhr hinterher.

Auf das, was sie wie der sprichwörtliche Blitz aus heiterem Himmel getroffen hatte, reagierte jede der beiden Frauen völlig anders, als man vorher angenommen hätte. Mrs. Butterfield hatte von dem Augenblick an, wo die Maschine der Aeroflot auf der vertrauten, sicheren Heimaterde gestartet war, auf etwas dieser Art gewartet, Mrs. Harris aber nicht. Demzufolge war es jetzt Ada, die sich mehr fürchtete als Violet. Hätte sie sich doch bloß nie dazu verleiten lasse, Mr. Lockwoods Liebesbrief zu befördern, oder vielmehr das Schreiben, von dem Mr. Lockwood behauptete, es sei ein Liebesbrief; da der Brief in russischer Sprache abgefaßt war, konnte sie ihn nicht lesen, und vielleicht hatte Mr. Lockwood all die honigsüßen Floskeln überhaupt nur erfunden. Wenn es in diesem Land bereits als Verbrechen galt, einer Gruppe von umherziehenden Heilssängern zuzuhören und einen Wisch in der Hand zu halten, auf dem die jungen Leute ihren religiösen Überzeugungen Ausdruck gaben . . . welche Strafen hatte sie dann wohl zu gewärtigen, wenn die Russen dahinterkamen, daß sie ungeachtet der strengen Vorschriften einem illegalen Briefwechsel mit einer Sowjetbürgerin Vorschub leistete? Und dahinterkommen würden sie, denn obwohl Ada vor wenigen Tagen ihr notwendig erscheinende Vorsichtsmaßregeln getroffen hatte, befand sich der verhängnisvolle Brief im Augenblick wieder in ihrer Handtasche, die bestimmt gründlich durchsucht werden würde. Sie vertraute auf ihre Zivilcourage und machte sich keine weiteren Gedanken darüber, was mit ihr geschehen mochte, aber sie war zutiefst verzweifelt, wenn sie daran dachte, in welche Lage sie ihre Freundin durch ihr Verhalten gebracht hatte, das ihr jetzt als törichte Phantasterei und überflüssige Einmischung in die Angelegenheiten anderer erschien.

Alle Polizeireviere der Welt gleichen sich mehr oder weniger. Es riecht überall gleich schlecht, und in der Kargheit der Ausstattung unterscheiden sie sich ebenfalls nicht voneinander.

Normalerweise hätte der diensthabende Polizeibeamte auf der Polizeiwache die beiden Frauen verhört, doch angesichts des KGB-Aufgebots und der offensichtlichen Gewichtigkeit des Falls wurden sie in ein Nebenzimmer geschoben, in dem ein Tisch und einige Stühle standen. Es handelte sich um den Dienstraum des Revierleiters, in dem sich auch ein Dolmetscher befand. Oberst Dugliew, Inspektor Wornow und ein halbes Dutzend weiterer KGB-Chargen drängten sich hinter Ada und Violet ebenfalls in das Zimmer.

Der Dolmetscher wandte sich an die Verhafteten:

«Wir setzen Sie hiermit davon in Kenntnis, daß Ihre Festnahme erfolgte, weil Sie gegen die Gesetze unseres Landes verstoßen haben, die die illegale Einfuhr von religiöser Literatur einschließlich Büchern, Bildern und Traktaten verbieten sowie solcher Flugblätter, in deren Besitz Sie angetroffen wurden. In den Instruktionen von Intourist, die Ihnen außerdem noch mündlich von ihrer Fremdenführerin wiederholt worden sind, heißt es eindeutig, daß der Besitz der erwähnten Dinge im Widerspruch zu den sowjetischen Gesetzen steht. Deshalb werden Sie der Übertretung dieser Gesetze angeklagt und haben der Strafen gewärtig zu sein, die Gesetzesbrechern, ungeachtet ihrer Nationalität, in diesem Lande drohen. Wenn Sie unsere Fragen wahrheitsgemäß beantworten und uns helfen, die Mitschuldigen zu finden, dürfen Sie damit rechnen, daß wir Ihren Fall mit einer gewissen Nachsicht behandeln.

Also: Ihr Name?»

«Mein Name?»

Die Erwiderung entfuhr Mrs. Butterfields winzigem Mund mit derart beißender Schärfe, daß Ada erstaunt den Kopf wandte, da sie so etwas noch nie erlebt hatte, und zusah, wie ihre Freundin aus dem Häuschen geriet. «Meinen Namen wollen Sie wissen?» fuhr Violet fort. «Sehen Sie doch gefälligst in diesen blöden Formularen nach, die ich vor der Reise in dieses gräßliche Land ausfüllen und unterschreiben mußte. ‹Unterschreiben Sie hier, unterschreiben Sie da. Wie heißen Sie? Lassen Sie Ihren Paß sehen. Wo ist Ihr Visum? Haben Sie ein Ticket?› Wenn Sie bis jetzt nicht wissen, wie ich heiße, werden Sie es nie wissen, also werfen Sie einen Blick in all die Anträge!»

Die tiefe Stille, die auf diesen Redeschwall folgte, nutzte Mrs. Butterfield zum Atemholen, und da sie, wie mehrfach erwähnt, ziemlich wohlbeleibt war, konnte sie mit einem Atemzug einen stattlichen Vorrat an Luft aufnehmen.

«Und außerdem haben Sie kein Recht, Ausländern ihr gutes Geld abzuknöpfen, nur damit sie rüberkommen und sich Ihr Land ansehen. Das soll ein Land sein? Daß ich nicht lache. Wenn man hier was essen will, muß man mindestens anderthalb Stunden warten, und dann ist das Essen eiskalt, und die Kellnerin sieht einen obendrein unfreundlich an. Manieren? Auch in Ihrer Sprache gibt es die Wörter bitte und danke, aber bis jetzt habe ich sie noch nicht gehört. ‹Bleiben Sie stehen. Gehen Sie weiter. Steigen Sie in den Bus ein, steigen Sie aus.

Sprechen Sie nicht. Warten Sie.› Das nennen Sie eine Urlaubsreise?»

Es war an der Zeit, erneut Luft zu holen, was Mrs. Butterfield hastig und geräuschvoll tat. «Und dann diese miesen Hotels. Nennen Sie das ein Hotel, wenn man auf dem Klo zieht, und es gurgelt bestenfalls, aber aus der Brause kommt es wie ein Wasserfall? Bis jetzt habe ich noch keinen funktionierenden Wasserhahn gefunden, und die Fahrstühle sind keinen Schuß Pulver wert. Wozu Ihrer Meinung nach ein Telefon da ist, das weiß ich nicht ... zum Sprechen und Verstehen, was der andere sagt, jedenfalls nicht. Vielleicht gibt es hier ja auch so etwas Ähnliches wie Elektrizität, aber offenbar nicht genug, damit man beim Schein der Lampe auch etwas lesen kann. Und von den Betten wollen wir lieber nicht reden, die Matratzen sind das allerletzte!»

Wieder holte sie tief Luft – zu Adas Entsetzen, denn für Mrs. Harris stand fest: Wenn Violet und sie bis jetzt nicht zu einer schweren Strafe verdonnert worden waren – nun war es soweit. Die frische Luftzufuhr hatte Mrs. Butterfield mit so viel zusätzlichem Adrenalin versorgt, daß sie jetzt mit ihrem dicken Zeigefinger vor Dugliews Nase herumfuchtelte. «Und dann möchte ich gern wissen, warum man gleich eine ganze Armee auf eine harmlose Frau hetzt, die nichts Schlimmeres verbrochen hat, als Gottes Wort in der Hand zu halten? Es würde Ihnen gar nichts schaden, wenn Sie sich ein bißchen mehr um Gottes Wort kümmern würden und um das, was Er für Euch tut. An jeder Straßenecke gibt es hier eine Kirche, aber außer Touristen, die dafür eine Sixpence-Münze oder einen Shilling bezahlen müssen, geht niemand hinein. Und es soll ein Verbrechen sein, wenn ich meine Stimme zum Lobe Gottes erhebe, von dem alle Wohltaten kommen, auch für Sie? Wer hat Ihnen denn all die Juwelen gegeben, diese ganzen Edelsteine und Perlen, die da aufgestapelt sind? Was glauben Sie denn, wo Ihr tägliches Brot herkommt? Auf den Knien müßten Sie liegen, den halben Tag lang, und Gott dem Herrn danken, daß Er Seine Hand über Euch hält.»

Mrs. Butterfield hielt inne, doch nach ein paar Atemzügen ging es weiter.

«Und was hat es damit auf sich, was meine Freundin mir da erzählt ... daß man in unseren Sachen herumgestöbert hat und uns durch Löcher in der Decke beobachtet? Behandelt man so Besucher, die eigens zu dem Zweck hierherkommen, all das in Wirklichkeit zu sehen, was auf den schönen Fotos abgebildet ist? Und dann wird man behandelt wie ein Spion. Das ist wirklich die Höhe. Wer wird hier in diesem Land schon spionieren wollen, wo man eine Wasserleitung nicht von einer elektrischen Leitung unterscheiden kann? Und dann diese Operettenfiguren, die uns auf Schritt und Tritt folgen ... jedes sechsjährige Kind merkt das doch, daß die sich extra für diese Gelegenheit verkleidet haben. Sie wollen also meinen Namen wissen? Schön. Ich heiße Violet Mabel Ernestine Butterfield, und Sie können mich alle mal . . .»

In letzter Sekunde konnte Mrs. Harris gerade noch verhindern, daß Violet den Satz vollendete. Sie legte die Hand auf den Arm ihrer Freundin und sagte: «Violet!» Ihr war nicht entgangen, daß der Oberst sich immer mehr in seinen Zorn hineinsteigerte. Er ließ die Faust mit Donnergetöse auf den Tisch niedersausen und schrie: «Schweigen Sie! Sie stehen hier als Angeklagte! Wir stellen die Fragen, nicht Sie!» Er hieb noch einmal mit der Faust auf den Tisch – dieses Mal traf sie einen dicken Stapel von Akten und Dossiers – und wetterte weiter: «Passen Sie auf, daß wir Sie nicht für den Rest Ihres Lebens in ein Arbeitslager stecken. Wir wissen, daß Sie Spioninnen sind!»

Jetzt fuhr er Ada an: «Ihr Name?»

Da sie merkte, daß der Oberst bestimmt nicht geneigt war, sich eine zweite Strafpredigt anzuhören, antwortete sie: «Ada Millicent Harris.»

«Geben Sie mir Ihre Handtasche. Die Leibesvisitation kommt später.»

Violet Butterfield wurde grün im Gesicht. Von Kampfeslust war bei ihr nichts mehr zu bemerken, denn sie wußte, was sich in der Handtasche befand – ebenso wie Ada Harris, die dachte: *Nun ist es soweit. Wir sind verloren. Was für eine Närrin ich doch war.*

Sie trug Mr. Lockwoods angeblich zärtliche Botschaft an seine Liebste nach wie vor bei sich, aber nur der liebe Gott wußte, ob es sich dabei nicht in Wahrheit um einen Aufruf zum Umsturz handelte. Wenn die einen in Moskau schon deswegen in Gewahrsam nahmen, weil man seine Stimme zum Lobe Gottes erhob, dann konnte man sich bei einem schlimmeren Vergehen wahrhaftig auf alles gefaßt machen.

Selbst die schwache Hoffnung, daß ihre List Erfolg haben könnte, war nun verschwunden. Ada hatte sich nämlich auf dem Briefumschlag allerlei notiert, zum Beispiel ‹Ansichtskarten an Frank, John und Tante Mary schicken›, ‹Puppe für Anni kaufen›, ‹Pelzmantel›, ‹Kaufhaus GUM›, ‹Reiseandenken›, dazu verschiedene Adressen in London und noch einige andere Gedächtnisstützen, die dem Umschlag das Aussehen eines Notizzettels oder einer Einkaufsliste verliehen. Aus allem, was seit ihrer Ankunft geschehen war – die Durchsuchung ihrer Sachen, die ständige Überwachung und nun die Verhaftung –, ging hervor, daß die Situation weit ernster war, als sie gedacht hatte. Die Geheimdienstler, die Violet und sie beschattet hatten, mochten Operettenfiguren sein, doch diese unfreundlichen Männer an diesem unfreundlichen Ort waren es nicht. Was sie, Ada, da auf den Umschlag gekritzelt hatte, würde sie keinen Moment irreführen – aber selbst wenn: der Umschlag war verschlossen, und sie würden ihn ganz bestimmt öffnen. Violet und sie waren verloren.

Der Oberst hatte den Arm bereits nach der Handtasche ausgestreckt, doch das Geräusch zuschlagender Eisentüren und sich nähernder Schritte, begleitet von einem lauten Redeschwall, aus dem die Stimme einer jungen Frau deutlich herauszuhören war, ließ ihn innehalten. Der Lärm wurde immer lauter. Die Tür flog auf, und auf der Schwelle stand ein wunderschönes, junges Mädchen mit der Intourist-Anstecknadel am Jackenrevers. Auf ihrem jugendfrischen Gesicht lag ein Ausdruck von tiefer Bestürzung. Alle Köpfe drehten sich nach der Fremden um, deren Schritt kurz stockte, doch schon im nächsten Augenblick stürzte sie ins Zimmer und warf sich vor Mrs. Harris auf die Knie.

«Lady Putz!» rief sie aus. «Ich bin froh, daß ich Sie endlich gefunden habe. Was ist geschehen? Wieso sind Sie hier?» Sie erhob sich, faßte, plötzlich bleich vor Zorn, die KGB-Funktionäre und die anwesenden Polizisten ins Auge und herrschte sie auf russisch an: «Was hat das zu bedeuten? Sie scheinen nicht zu wissen, um wen es sich handelt!»

Ein nicht sehr aufgeweckter Polizist erwiderte: «Die beiden gehören einer verbotenen religiösen Sekte an und sind festgenommen worden, weil . . .»

Der KGB-Oberst sagte: «Ach was. Das sind höchst gefährliche Spioninnen! Wer sind Sie überhaupt, und wie kommen Sie dazu, sich hier einzumischen?»

Nicht im geringsten eingeschüchtert, sondern eher noch aufgebrachter, fuhr das junge Mädchen ihn auf russisch an: «Spioninnen? Sie müssen den Verstand verloren haben. Sie haben eine englische Aristokratin festgenommen, Lady Putz. Die für den Internationalen Kulturaustausch zuständige Abteilung forscht seit der Ankunft der Dame vergeblich nach ihr, und *ich* habe den Auftrag, sie zu betreuen.» Sie fuhr, zu Ada gewandt, auf englisch fort: «Liebe, verehrte Lady Putz, bitte verzeihen sie tausendmal! Irgend jemand muß Ihre Papiere durcheinandergebracht haben, doch nun, da ich Sie gefunden habe, wird alles gut. Kommen Sie, wir müssen uns beeilen – Sie sind zu einem Empfang des Auswärtigen Amtes eingeladen, der in einer Stunde beginnt. Es bleibt Ihnen gerade noch Zeit zum Umziehen.»

Die Leute vom KGB, die ihr Problem schon gelöst glaubten, waren so perplex, daß der Oberst, statt das junge Mädchen hinauszuwerfen oder verhaften zu lassen, fragte: «Was für einen Unsinn reden Sie da von wegen englische Aristokratin? Wie kommen Sie überhaupt dazu, sich in die Angelegenheit des KGB einzumischen? Die beiden sind höchst gefährliche . . .»

Offensichtlich machten seine Worte nicht den geringsten Eindruck auf das junge Mädchen. Entweder war sie außergewöhnlich mutig oder ganz fest von ihrer Sache überzeugt – vielleicht auch beides –, denn nun verlor sie die Beherrschung und sagte in schneidendem Ton: «Nachdem Sie es bis zum Obersten gebracht haben, darf ich annehmen, daß Sie irgendwann auch Lesen gelernt haben. Also lesen Sie bitte das hier –» und sie knallte die Papiere, die sie in der Hand hielt, auf den Tisch. Der Oberst, der Inspektor, der Leiter des Polizeireviers und der Dolmetscher beugten sich darüber. Obenauf lagen die Visaanträge von Ada Harris, Lady Putz, und ihrer Zofe Violet Butterfield, für einen fünftägigen Aufenthalt in Moskau, die mit allen möglichen Stempeln und Schnörkeln versehen waren, russischen Versionen für ‹okay›, oder ‹genehmigt›, und den Vermerk ‹bevorzugt zu behandeln› trugen. Unter den Papieren befand sich ein Schreiben der Abteilung für Internationalen Kulturaustausch, in dem es hieß, Ada Harris Lady Putz sowie ihre Zofe seien bevorzugte Gäste der Sowjetunion, denen stets mit größter Zuvorkommenheit zu begegnen sei. Beide Papiere trugen das Konterfei von Ada Harris Lady Putz und das ihrer Zofe Violet Butterfield.

Während die gewichtigen Dokumente prüfend hin und her gedreht und gelesen wurden, unterbrach ein leichtes Rascheln die Stille, und Mrs. Butterfield murmelte: «Was soll das alles? Wer ist diese Lady Putz?» Mrs. Harris zischte nur: «Halt den Mund!»

Der Oberst wirkte plötzlich besorgt und schwieg. Die Dokumente waren zweifellos echt. Er sagte: «Hier muß ein Irrtum vorliegen. Wir wissen Bescheid über diese beiden Damen. Und außerdem will ich Ihnen sagen, niemand, der seine fünf Sinne beisammen hat, spricht in diesem Ton mit Angehörigen des KGB. Die Sache wird noch ein kleines Nachspiel haben.»

Die junge Frau brauste erneut auf, zwar auf russisch, das Ada nicht verstand, doch sie erriet, daß Violet und sie weiterhin energisch in Schutz genommen wurden. Mrs. Harris hatte verstohlen einen Blick auf die Papiere geworfen und – gewitzt wie sie war – sofort gesehen, daß man nur zwei Worte umzustellen brauchte, um aus ‹Putz-Lady› ‹Lady Putz› zu machen. Und damit wies das Formular mit dem Paßfoto sie eindeutig als Mitglied der englischen Aristokratie aus, dem bevorzugte Behandlung zustand.

«Irrtum!» rief das junge Mädchen voll Zorn. «Den Irrtum haben Sie begangen! Ich habe keine Zeit, hier noch lange zu debattieren. Meine Aufgabe ist es, die Damen zu dem Empfang zu geleiten. Es ist Ihre Angelegenheit, ob Sie diese Papiere ignorieren wollen oder nicht. Doch falls das Polizeipräsidium davon erfährt ...» Sie wandte sich auf englisch an Ada und Mrs. Butterfield. «Der Wagen wartet draußen. Wir holen zuerst Ihr Gepäck, und dann bringe ich Sie gleich ins Hotel ‹Rossija›, wo Zimmer für Sie reserviert wurden und wo der stellvertretende Vizekommissar der Abteilung für Internationalen Kulturaustausch Ihnen persönlich sein Bedauern über den Zwischenfall ausdrücken wird.» Sie nahm die Papiere vom Tisch und bedeutete Mrs. Harris und Mrs. Butterfield, ihr zu folgen. «Kommen Sie», sagte sie, «wir gehen.»

Der Oberst mußte sich, wenn auch zögernd, geschlagen geben. Er repräsentierte eine der mächtigsten und gefürchtetsten Organisationen der Welt, sozusagen einen Staat im Staate, verantwortlich allein den Spitzen der Partei. Doch er wußte auch, daß die Regierung in manchen Fällen ein anderes Machtmittel einsetzte, die Abteilung für Internationalen Kulturaustausch, deren Hauptaufgabe es war, beispielsweise englische Lords und Ladies oder italienische Herzöge, orientalische Fürsten sowie nord- und südamerikanische Millionäre zu becircen, daß sie es sich zur Ehre anrechneten, dem kommunistischen Rußland von allem, was es haben wollte, das beste zu liefern. Wenn das junge Mädchen im Recht war – und die von ihr vorgelegten Schriftstücke schienen das zu bestätigen –, konnte er in erhebliche Schwierigkeiten geraten.

Die junge Intourist-Führerin verließ, gefolgt von Mrs. Ada Millicent Harris und Mrs. Violet Mabel Ernestine Butterfield, mit festen Schritten den Raum und stieg mit den beiden in die vor dem Polizeirevier wartende Limousine. Die Freundinnen waren wieder in Freiheit. Sie sagte: «Zuerst fahren wir in Ihr Hotel und holen Ihre Sachen.»

Mrs. Harris sagte nichts, Mrs. Butterfield, der auf so unmißverständliche Weise bedeutet worden war, den Mund zu halten, schwieg ebenfalls. Der unwillige, sich ruckhaft aufwärts bewegende Fahrstuhl brachte sie in den siebten Stock, wo ihnen Mrs. Bärbeiß, von dem drohenden Blick des jungen Mädchens eingeschüchtert, wortlos den Schlüssel reichte, und sie betraten das Zimmer der beiden Reisenden.

Als die Tür sich hinter ihnen geschlossen hatte, drehte Mrs. Harris sich ruhig um und sagte zu ihrer Retterin: «Hallo, Liz.»

14

Nachdem sie den Brief gelesen hatte – ganz offensichtlich hatte Mr. Lockwood, was den Inhalt des Briefes anging, Mrs. Harris gegenüber die volle Wahrheit gesagt – und das Schluchzen und Lachen, der Jubel, die Umarmungen und die Küsse, kurz, der erste Freudentaumel vorüber war, trocknete Lisaweta Nadjeschda Borowaskaja sich die Augen und sagte, mit Rücksicht auf etwaige verborgene Mikrophone, im Flüsterton: «Oh, Lady Putz, Sie haben mich zum glücklichsten Menschen der Welt gemacht. Ich habe nie aufgehört, Geoffrey zu lieben. Das Leben war eine einzige Qual für mich, da ich nicht wußte, ob er lebt oder tot ist oder mich vielleicht vergessen hat. Oh, Mylady, noch einen Kuß für Sie, als Dank für all das, was Sie für mich getan haben! Ich weiß, daß ich Ihnen und dem lieben Gott bis ans Ende meines Lebens dankbar sein muß und daß ich nie, nie, nie mehr zu zweifeln brauche. Ach, ich wage gar nicht daran zu denken, aber vielleicht könnten Sie, Mylady, mir helfen, das Land zu verlassen, um für immer bei Geoffrey zu sein?»

In Anbetracht der Erlebnisse, die sie und Mrs. Butterfield gerade in den letzten Stunden und überhaupt in den letzten Tagen gehabt hatten, dachte Mrs. Harris, das sei ‹verdammt unwahrscheinlich›, doch das junge Mädchen war so erfüllt von Freude, weil sie endlich ein Lebenszeichen von ihrem Liebsten erhalten hatte, daß sie es nicht übers Herz brachte, Liz zu enttäuschen, und so sagte sie: «Wir werden sehen.» Das war nicht nur so hingesagt; Ada hatte die Hoffnung nicht aufgegeben, daß vielleicht doch noch etwas zu machen sei. Aber im Augenblick war sie ganz von einer anderen unmittelbar drohenden Gefahr in Anspruch genommen. Violet Butterfield war nicht nur eine Frau von enormer Körperfülle, auch ihre Neugier bewegte sich in den gleichen Proportionen. Sie hatte erlebt, wie ihre alte Freundin, die genau wie sie aus dem Volke stammte, plötzlich mit «Mylady» angeredet wurde, hatte mit ansehen müssen, wie man sie umschmeichelte und hofierte, umarmte und küßte, während man ihr, Violet, befahl, den Mund zu halten. Ada wußte, was in Violet vorging, der in diesem grotesken, ganz offensichtlich auf einem Mißverständnis beruhenden Durcheinander die Rolle einer Gesellschafterin, besser gesagt, einer Zofe zugefallen war. Ada wußte, daß Violet nicht mehr allzu lange den Mund halten würde. Diese verrückte Verwechslungskomödie, durch die sich buchstäblich im letzten Augenblick die mehr als gefahrvolle Lage der beiden Freundinnen zum Guten gewendet hatte, konnte jeden Moment ein abruptes Ende finden.

Sich die Tränen trocknend, fragte Liz: «Kennen Sie Geoffrey gut?» Und gab sich gleich selbst die Antwort darauf: «Aber sicherlich. Er ist ja ein sehr prominenter Schriftsteller und kennt sicher Gott und die Welt.»

Ada warf Mrs. Butterfield einen verstohlenen Seitenblick zu, der ihr verriet, daß es mit der Selbstbeherrschung ihrer Freundin sehr bald ein Ende hätte. Was auch immer geschah: Hauptsache war, daß dieses junge Mädchen und ihre Vorgesetzten, wer die auch sein mochten, weiterhin der Überzeugung waren, das Blut, das durch Adas Adern rollte, sei so blau wie die vielbesungene Donau.

Wiederum war es die entzückende junge Person, die ihr, diesmal unbewußt, zu Hilfe kam, und Ada Harris konnte sehr gut nachempfinden, was Mr. Lockwood um sie gelitten hatte, und die alten Träume und Wunschvorstellungen, die beiden wieder zu vereinen, ergriffen für einen Augenblick erneut von ihr Besitz. Liz sah auf die Uhr und sagte: «O Gott, ich vernachlässige meine Pflichten. Wir müssen so schnell wie möglich auf diesen Empfang, aber erst bringe ich Sie ins ‹Rossija›. Es ist nicht weit von hier. Ich will mich nur noch rasch vergewissern, daß die für Sie reservierte Suite bereitsteht.» Sie griff nach dem Telefonhörer, doch der Apparat verhielt sich keine Spur anders als sonst auch. Nach einer kleinen Weile legte das junge Mädchen ärgerlich auf, stieß irgendeine russische Verwünschung aus und sagte: «Ich versuche es vorne bei der Etagenfrau. Warten Sie bitte, ich bin gleich wieder zurück», und sie eilte davon.

Kaum hatte sich die Tür hinter ihr geschlossen, als Mrs. Butterfields Lippen sich öffneten. Ada konnte gerade noch auf sie zustürzen und ihr den Mund zuhalten. Sie deutete zur Decke hinauf, auf die Lampe und andere Einrichtungsgegenstände, um ihrer Freundin zu verstehen zu geben, daß sich da zweifellos Wanzen befanden, und zog sie zum Fenster, wo beide sich hinauslehnten. Der nachmittägliche Straßenlärm und das Läuten der großen Kirchenglocken würden Mrs. Butterfields Wortschwall übertönen.

«Was soll das bloß, Ada? Wer ist diese Lady Putz, und warum scharwenzelt plötzlich alle Welt um dich herum? Du bist keine Lady. Das heißt, natürlich bist du eine, aber was hat das alles damit zu tun, daß ich dich vorn und hinten bedienen soll und sie dich behandeln wie eine Königin? Und wieso hast du dem jungen Mädchen den Brief gegeben, und warum ziehen wir in ein anderes Hotel? In einem Augenblick werden wir auf der Polizei verhört, und im nächsten bist du Lady Putz, die mit ihrer Zofe zu einem Empfang geht. Ich bin so durcheinander, daß ich kaum noch weiß, wer ich bin!»

Da die Zeit drängte, versuchte Ada, sich kurz und präzise auszudrücken. «Vi, du darfst jetzt nicht den Kopf verlieren. Irgendwo ist ein Wirrwarr entstanden, und nach allem, was ich bis jetzt so beobachtet habe, glaube ich, daß das typisch russisch ist. Du erinnerst dich doch an die Formulare, die wir ausgefüllt haben und wo ich als Beruf ‹Putz-Lady› schrieb? Weißt du, irgend jemand muß die beiden Worte vertauscht haben und hat Lady Putz daraus gemacht, und nun gehöre ich zum Hochadel mit Foto und allem Drum und Dran. Solange sie mich dafür halten, kann uns nichts passieren. Überlaß ruhig mir das Reden. Du brauchst nur so herumzustehen, und wenn ich dir sage, du sollst mir ein Taschentuch reichen oder meinen Lippenstift, dann bemühe dich nur, das möglichst anmutig zu machen, und vergiß nicht

‹Mylady› zu mir zu sagen, auch wenn es dir schwerfällt.»

Sie hörten Schritte auf dem Flur und gingen rasch vom Fenster weg. Liz stürzte herein. «Alles ist vorbereitet», rief sie, «und der stellvertretende Vizekommissar wartet schon auf Sie, um sich bei Ihnen für den Zwischenfall zu entschuldigen.»

«Vortrefflich», sagte Mrs. Harris. Und zu Mrs. Butterfield gewandt, befahl sie: «Packen Sie meinen Koffer, Violet, aber sputen Sie sich.»

«Sehr wohl, Mylady», brachte Mrs. Butterfield heraus, doch ihre Miene war so eisig, daß Ada das Gefühl hatte, lange werde ihre Freundin keine Selbstbeherrschung üben können.

Nach dem nicht gerade erstklassigen Hotel, in dem sie bisher gewohnt hatten, machte das ‹Rossija›, ein gigantischer Bau aus Glas und Marmor, auf Mrs. Harris und Mrs. Butterfield tiefen Eindruck. Das Gebäude nahm eine Fläche von über dreizehn Hektar ein; es zählte zwölf Stockwerke und prunkte mit drei großen Hallen, dreitausendundzweihundert Zimmern, neun Restaurants, dem größten Ballsaal der Welt und dreiundneunzig Fahrstühlen. Die Wirkung der gewaltigen Marmorsäulen, der Plüschmöbel und -vorhänge und all der übrigen goldglitzernden Pracht war überwältigend, obwohl es Mrs. Harris' scharfem Blick nicht entging, daß die Teppiche bereits abgetreten waren und das Mobiliar auffallende Abnutzungserscheinungen zeigte, jedenfalls mehr, als man es in einer so pompösen Nobelherberge erwarten würde. Und natürlich war das erste, was Mrs. Butterfield, nachdem sie ihre Suite betreten hatten, lautstark feststellte: «Es gibt kein Klopapier.»

Doch die beiden Räume waren elegant möbliert, die Aussicht hinreißend, und die meisten Bequemlichkeiten funktionierten wie vorgesehen. Nach wenigen Minuten erschien ein junger Mann in schicker Uniform und entschuldigte sich in wohlgesetzten Worten im Namen der Abteilung für Internationalen Kulturaustausch dafür, daß man die Damen am Flugplatz verfehlt habe. Irgendein Dummkopf habe die Papiere durcheinandergebracht. Selbstverständlich werde keine Mühe gescheut, um die Panne mit der schlechten Unterkunft und so weiter wiedergutzumachen, und was die Verhaftung betreffe, so erhielten sie noch eine schriftliche Entschuldigung.

Er sah auf die Uhr. «Der Empfang beginnt in einer halben Stunde. Wenn ich Sie bitten darf, sich zu beeilen – sonst sind womöglich die Türen schon geschlossen. Der Kongreßpalast ist glücklicherweise nicht weit von hier.»

Ada Harris kannte ihre Freundin gut genug, um zu wissen, daß sie drauf und dran war zu fragen: «Empfang? Was für einen Empfang?

Für wen?» Und es gelang ihr gerade noch, Mrs. Butterfield zuvorzukommen. «Legen Sie mein seidenes Nachmittagskleid heraus, Violet, und dazu bitte ein Paar von meinen Lackschuhen. Und ziehen auch Sie Ihr bestes Kleid an. Ich glaube, man gestattet Ihnen, mich zu begleiten.» Die Antwort war ein kaum hörbares «Sehr wohl, Mylady».

Liz, die sich im siebten Himmel befand, hatte bis jetzt an nichts anderes gedacht, als daß Geoffrey sie noch immer liebte und sich glühend nach ihr sehnte. Sie verließ die beiden Freundinnen und sagte, sie würde sie in zwanzig Minuten abholen. Sie war kaum draußen, als Violet loslegte: «Also, Mylady . . .» wobei sie das Wort Mylady etwas zu stark betonte. Ada konnte sie gerade noch bremsen; sie legte den Finger auf die Lippen und deutete an die Decke, auf die Bilder an der Wand, das Telefon, die verschiedenen Lampen, die Klingelknöpfe für die Bedienung und so weiter. Mrs. Butterfield begriff schnell, denn wenn sie jetzt auch in einem Luxushotel untergebracht waren, so schloß das nicht von vornherein aus, daß das Zimmer nicht mit einer – wahrscheinlich sogar noch größeren – Anzahl von ausgeklügelten technischen Raffinessen bestückt war, um die Gäaste unter Kontrolle zu haben, und so sagte sie hastig: «Ich helfe Ihnen rasch beim Umziehen, Mylady, das geht im Handumdrehen.»

Alle Wetter! dachte Ada, für ein Land, das sich angeblich keinen übertriebenen Aufwand leistet und in dem niemand über Reichtümer verfügt, scheinen einige von diesen Russen nicht gerade schlecht zu leben. Himmel, sieh dir das bloß an.

Sie waren in die große Halle des Kongreßpalastes geleitet worden, die von gewaltigen Kistallüstern erhellt wurde. Der Anblick war überwältigend: goldene Stühle, seidene Vorhänge, eine riesig lange Tafel, auf der Schüsseln voll mit Kaviar standen, Platten mit ganzen geräucherten Stören, kaltem Braten und Geflügel aller Art sowie die verschiedensten Getränke; gedämpfte Unterhaltungsmusik, gespielt von einem unsichtbaren Orchester, flutete durch den weiten Raum, in dem es von Uniformen wimmelte, an denen Sterne und Streifen und ganze Reihen von Orden schimmerten; die Roben der Damen rauschten und knisterten und stammten ganz offensichtlich nicht aus dem Kaufhaus Gum. Der Kleidung der Umherpromenierenden nach zu schließen schien das ganze diplomatische Korps anwesend zu sein. Lebhaftes Stimmengewirr, viel Gelächter und Gläserklingen. In der Mitte der Halle schien eine Art Defilee stattzufinden. *Im Buckingham-Palast kann es nicht imponierender sein*, dachte Ada. Liz, die am Eingang die Einladungskarten und die dazugehörigen Beglaubigungsschreiben vorgezeigt hatte, flüsterte den beiden zu: «Sie werden zuerst dort drüben Ihre Aufwartung machen wollen. Nachher können wir uns dann am kalten Bufett ein wenig stärken.»

Sie wollten sich gerade in Bewegung setzen, als Mrs. Harris merkte, daß jemand sie am Arm festhielt und eine ihr bekannte Stimme sagte: «Hallo, meine Beste, was machen Sie hier? Ach so, ich vergaß, wir sind ja in einem kommunistischen Land, wo das Dienstleistungsgewerbe gesellschaftlich obenan steht.»

Es war Mr. Rubin, der sie an ihrem ersten Abend in Moskau zu einem Drink eingeladen hatte. Er hielt ein halbvolles Glas in der Hand und war sichtlich beschwipst. Ada erschrak heftig und sah ihr Spiel schon verloren, beruhigte sich aber sofort bei dem Gedanken, daß er vermutlich nicht einmal mehr ihren Namen wußte. «Wir sind hier, weil wir eine Einladung erhalten haben, aber was tun *Sie* hier?»

Mr. Rubin lächelte listig und verschmitzt, beuge sich zu Mrs. Harris vor und sagte: «Ich bin inzwischen eine so wichtige Persönlichkeit, daß sie mich einfach einladen mußten. So wichtig wie ich ist überhaupt niemand hier. Ich bin im Besitz eines Geheimnisses, und das ist ein solcher Knüller, daß sie für alle Fälle immerzu drei von diesen Sicherheitsfritzen hinter mir herwetzen lassen. Aber ich hab sie für eine Weile abgeschüttelt.»

«Aber was ist denn los?» fragte Mrs. Harris. «Haben Sie etwas ausgefressen?»

«Ob ich etwas ausgefressen habe?» wiederholte Mr. Rubin, der inzwischen so viel Gin intus hatte, daß er seine Worte mehr lallte als sprach. «So was hat es hier überhaupt noch nicht gegeben. Das ist mehr als ein Knüller ... das ist ein Superknüller. Sie wissen, was streng geheim heißt? Na, und das hier ist strengstens geheim. Wir sind uns einig geworden ... sie haben sich entschlossen. Warten Sie nur, Sie werden es gleich hören.»

Mrs. Harris hatte Mr. Rubins Sorgen so gut wie vergessen und fragte: «Wer hat sich entschlossen, und zu was?» Sie fügte hinzu: «Wenn es so streng geheim ist, sollten Sie es mir nicht erzählen.»

«Ha!» machte Mr. Rubin. «Wenn Sie's genau wissen wollen: Es ist so verrückt, daß man's kaum glauben kann. Und darauf Prost.» Er hob sein Glas, spülte die Hälfte des Inhalts hinunter, beugte sich noch näher zu Mrs. Harris und flüsterte vertraulich: «Der größte Reibach aller Zeiten. Sie haben es genommen: Rubins Toilettenpapier, Marke Seidenweich, allerfeinste Qualität, und zwar in Bausch und Bogen, dreihundertachtzig Millionen Rollen. Alles, was wir hatten. Sie haben uns leergekauft und weitere Lieferungen in Auftrag gegeben: großes Staatsgeheimnis!!»

Mrs. Harris gönnte dem kleinen Mann seinen Geschäftsabschluß von Herzen, aber nun meldete sich der Wirklichkeitsmensch in ihr zu

Worte: «Ach, hören Sie doch auf mit diesem ganzen Geheimnisgefasel. Wie wollen Sie einen so großen Abschluß denn geheimhalten?»

Mr. Rubins Augen, ohnehin bereits glänzend von dem genossenen Alkohol, begannen nun förmlich zu funkeln. Er trank sein Glas aus, faßte Ada am Arm und zog sie dicht zu sich heran. «Vogelfutter», flüsterte er. «Wir sind übereingekommen, daß niemand etwas davon erfahren darf. Die Ware wird für den Versand als ‹Fenway's Vogelfutter› deklariert! Die Firma Fenway existiert nicht mehr, also kann uns keiner verpfeifen. Dreihundertundachtzig Millionen Rollen. Was sagen Sie nun?»

Ada faßte Mr. Rubin prüfend ins Auge und sah, daß er trotz des konsumierten Alkohols die Wahrheit sprach.

«Schauen Sie doch, wenn der Rummel hier vorbei ist, noch bei mir herein, dann genehmigen wir uns noch ein Glas.»

Kaum daß er Mrs. Harris' Arm losließ und davonschlenderte, tauchten drei hochgewachsene Russen in Uniform neben ihm auf und nahmen ihm das leere Glas aus der Hand. Zwar lächelten sie, doch Ada sah sofort, daß es sich um ein gezwungenes Lächeln handelte. Die drei waren ganz offensichtlich zu seinem Schutz eingesetzt. Also stimmte es, daß Mr. Rubin inzwischen tatsächlich als eine höchst bedeutende Persönlichkeit angesehen wurde.

Warum das Ganze allerdings einer so strikten Geheimhaltung bedurfte, war Mrs. Harris nicht klar. Sie spürte, daß schon wieder jemand sie am Ärmel zupfte. Dieses Mal war es Mrs. Butterfield, die in der Schlange der Wartenden hinter ihr stand. Sie sagte: «Ich glaube, ich werde ohnmächtig», und fügte nach einer kleinen Atempause hinzu: «Mylady.»

Ada erwiderte gereizt: «Herrgott noch mal, Vi, was ist denn jetzt schon wieder los? Kannst du dich nicht fünf Minuten zusammennehmen?»

Violet antwortete: «Aber sieh doch bloß, wen wir da gleich begrüßen werden.»

Mrs. Harris sah es. Es waren jetzt noch ungefähr zehn Personen vor ihr. Auf der einen Seite von einem hochgewachsenen Würdenträger mit graumeliertem Haar im Cutaway flankiert und auf der anderen von einem russischen General mit gewaltiger Ordensbrust, stand ein gutaussehender, schlanker, noch jugendlich wirkender Mann im Straßenanzug.

Ada beugte sich zu Vi und flüsterte: «Mein Gott, Vi, du hast recht. Jetzt habe ich auch das Gefühl, ohnmächtig zu werden. Das ist ja Seine Königliche Hoheit Prinz Philip. Ich hatte ganz vergessen, daß er auch gerade in Moskau ist. Gott steh uns bei, was wollen wir denn jetzt bloß machen?»

Mrs. Butterfield erwiderte: «Hoffentlich bekomme ich kein Übergewicht, wenn ich meinen Hofknicks mache! Ich sage kein Wort. Das Reden wollten ja Sie übernehmen, Mylady.»

Die Schlange war inzwischen weiter vorgerückt. Noch drei Personen, und sie würden sich Auge in Auge mit dem Gemahl der Königin aller Briten befinden.

Und dann war es auch schon soweit. Ada sah sich einem sympathischen Herrn gegenüber, dessen blaue Augen ein wenig spöttisch blickten, und sie hörte jemanden sagen: «Königliche Hoheit, darf ich Ihnen Lady Ada Putz aus London vorstellen.» Sie sah jetzt direkt in diese blauen Augen, und in ihrem Innern reifte ein Entschluß: ihr ganzes Leben lang war sie immer sie selbst gewesen. Das sollte auch jetzt so bleiben. Sie machte ihren Knicks, und dann sprudelte sie die Worte nur so heraus: «Ich bitte vielmals um Vergebung, Eure Königliche Hoheit, aber das stimmt alles nicht. Ich bin keine Lady. Ich bin bloß Ada Harris aus Battersea und habe eine Reise nach Moskau gewonnen. Ich bin Putzfrau. Irgendwer hat die Papiere durcheinandergebracht. Ich hoffe, Sie verzeihen mir.»

Ein leises Lächeln spielte um die Lippen des Herzogs. «Ada Harris», sagte er. «Kenne ich Sie nicht von irgendwoher? Habe ich nicht irgendwo einmal Fotos von Ihnen gesehen? Aber ja, natürlich – damals, als Sie ins Parlament gewählt wurden. Ich freue mich, Sie hier begrüßen zu dürfen.» Er streckte ihr herzlich die Hand entgegen.

Ada wurde es warm ums Herz. Der ungeheure Abstand zwischen ihnen schien plötzlich nicht mehr zu existieren, und sie sagte: «Das stimmt, Königliche Hoheit, aber ich hätte diese Parlamentssache nicht tun sollen. Ich habe das Amt niedergelegt, und das Ganze soll mir eine Lehre sein.»

Der Herzog von Edinburgh lachte und sagte: «Richtig, jetzt fällt es mir wieder ein. Gefällt es Ihnen in Rußland? Wird auch gut für Sie gesorgt?»

Nach dieser teilnehmenden Frage spürte Mrs. Harris plötzlich, daß sie sich noch nicht alles vom Herzen geredet hatte. Dazu kam, daß sie aus dem Augenwinkel in einiger Entfernung Oberst Dugliew vom KGB erspäht hatte, ordensgeschmückt und in Paradeuniform, doch den letzten Anstoß gab die Tatsache, daß es zwischen Prinz Philip und ihr so rasch zu einem guten Einvernehmen gekommen war. Sie verstanden einander, und sie hatte das Gefühl, ihn schon ein Leben lang zu kennen. Wem sonst hätte sie von der unwürdigen Behandlung berichten können, der sie ausgesetzt gewesen war, als dem Gemahl der englischen Königin? Und zum Entsetzen des Protokollchefs und anderer hoher Amtspersonen, die der englischen Sprache mächtig waren, legte sie los.

«Ob gut für mich gesorgt wird, Königliche Hoheit? Wie eine Verbrecherin hat man mich behandelt. Mein Gepäck ist durchsucht, jedes Wort, das ich sprach, ist abgehört worden. Man hat mich beschattet, und weil irgendein Evangelist mir ein Flugblatt in die Hand gedrückt hat, in dem von Gott und von Erlösung und so die Rede war, hat man mich und meine Freundin da, Mrs. Butterfield (Violet knickste bei der Nennung ihres Namens ein ums andere Mal) auf der Straße festgenommen und aufs Polizeirevier geschleppt, wo man uns verhört und angeschrien und als Spioninnen bezeichnet hat, besonders der Kerl da drüben in der Ecke, der mit den Orden. Mich, die ich hart arbeiten muß, um mein Geld zu verdienen, und die bei niemand auch nur eine Schreibtischschublade aufgezogen hat, um darin herumzuschnüffeln.»

Die eben noch heitere Miene des Herzogs änderte sich, und sein Blick wurde nachdenklich, ja, fast streng. Er sagte: «Ich verstehe das alles nicht so ganz, aber ich schlage vor, daß Sie die Sache einmal Sir Harold Barry, dem engsten Berater Seiner Exzellenz des Botschafters, erzählen. Ich möchte Ihnen noch einmal versichern, daß es mich sehr gefreut hat, Sie kennenzulernen.»

Mrs. Harris steuerte auf den in der Nähe stehenden Herrn zu, an den der Herzog sie verwiesen hatte. Zwei Meter vor Seiner Königlichen Hoheit beugte Mrs. Butterfield noch immer die Knie.

Der Berater des Botschafters war ein älterer, weißhaariger Mann im sogenannten Diplomatenfrack. Er hatte schütteres Haar, einen militärisch gestutzten Schnurrbart und trug eine riesige Hornbrille, die ihm, im Verein mit der Adlernase, das Aussehen einer überlebensgroßen Eule verlieh, was Mrs. Harris leicht einschüchterte. Ohne sich darüber Rechenschaft abzulegen, was sie tat, hatte sie dem Prinzgemahl ihr Herz ausgeschüttet. Die Worte waren ihr einfach so herausgerutscht, und sie hatte bei dieser Gelegenheit, da Liz in Hörweite war, gleich die Sache mit ihrem Titel klargestellt. Aber es war etwas anderes, daß sie nun diesem höchst würdevollen, imposanten Mann von all den Dingen berichten sollte, die ihr und Violet in Moskau widerfahren waren.

Doch nun hielt sie einen Einblick in britische diplomatische Gepflogenheiten, denn als sie vor ihm stand, wich sein finsterer Gesichtsausdruck einem erfreuten Lächeln, und er sagte: «Guten Abend. Mein Name ist Harold Barry. Seine Königliche Hoheit hat Ihnen offenbar geraten, etwas Bestimmtes mit mir zu besprechen. Und worum handelt es sich? Hat jemand versucht, Ihnen Ihren Paß abzunehmen, oder wollte man Schrotkugeln in Ihren Kaviar praktizieren? Kommen Sie, wir setzen uns am besten da drüben in die Ecke und halten einen kleinen Plausch.»

Wie sich herausstellte wurde aus dem kleinen Plausch – nun, nachdem Adas Ängste sich als unbegründet erwiesen hatten und sie sich mit ein paar Gläschen Wodka (der für sie genug Ähnlichkeit mit Gin hatte, um trinkbar zu sein) und einer Kleinigkeit vom kalten Bufett gestärkt hatte – eine recht ausgedehnte Unterhaltung. Nachdem Sir Harold Barry wußte, wer sie in Wirklichkeit war und das Durcheinander mit den Papieren begriffen hatte, stellte er ihr eine Reihe sehr vernünftiger Fragen, und Ada merkte, daß sie keinem Dummkopf gegenübersaß. Als er über alles informiert war, schwieg er ein Weilchen und sagte dann, mit einem Finger seinen Schnurrbart glättend: «Manche von denen sind ausgesprochen komische Käuze. Die haben noch mehr Angst vor Spionen als wir. Also . . . ich werde über das, was Sie mir da erzählt haben, ein bißchen nachdenken und anschließend vielleicht ein kleines Gespräch mit dem einen oder anderen von denen führen. Inzwischen halte ich es für das Beste, wenn Sie in Ihr Hotel zurückgehen. Wie ist Ihre Zimmernummer? Wo hat man Sie untergebracht? Im ‹Rossija›, in diesem Riesenkasten? Bleiben Sie dort, bis Sie von mir hören. Die Kameraden werden nicht gerade erfreut sein, wenn sie merken, daß sie sich selbst zum Narren gemacht haben. Sie machen sich bitte keine Sorgen.» Er hob sein Glas. «Auf Ihr Wohl!» Es war Zutrunk und Verabschiedung in einem.

Kaum waren sie wieder im Hotel ‹Rossija› angelangt, setzten sich Liz, Mrs. Butterfield und Mrs. Harris im Salon ihrer Luxus-Suite ans offene Fenster und hielten bei lautstarker Radiomusik im Flüsterton Kriegsrat oder, besser gesagt, Liebesrat. Es ging dabei vornehmlich um das schier unlösbare Problem, wie man Lisaweta Nadjeschda Borowaskaja und Geoffrey Lockwood wieder vereinen könnte.

Nach allem, was geschehen war, war an einen Brief natürlich nicht zu denken. Mrs. Harris konnte mündliche Botschaften von Sehnsucht und ewiger Liebe übermitteln, doch jeder weitere Schritt, um die beiden wieder zusammenzubringen, war im Grunde zum Scheitern verurteilt.

Zunächst einmal war Mrs. Lockwood in der Sowjetunion *persona non grata*, und obwohl Liz bei Intourist als Fremdenführerin tätig war und in dieser Eigenschaft vor allem V.I.P.s betreute, genoß sie doch nicht so viel Vertrauen, daß man ihr, wie viele ihrer Kolleginnen, gestattet hätte, Spritztouren in den Westen zu machen. Irgendwann hatte Liz jemand verdächtigt, einem westlichen Auslandskorrespondenten mehr als nur Reiseführerin gewesen zu sein. Und wenn sich auch niemand in ihr Privatleben oder ihre Arbeit einmischte, so wußte sie doch, daß sie unter Aufsicht stand.

Eine Flucht über die Grenze war unmöglich. Um das Land mit

einem der üblichen Verkehrsmittel zu verlassen, bedurfte es so vieler Dokumente, daß man ein ganzes Zimmer damit hätte tapezieren können. Je mehr Fragen Mrs. Harris stellte, je ideenreicher oder auch einfacher die Pläne waren, die sie entwickelte, um so glaubhafter konnte Liz ihr nachweisen, daß sie niemals in der Lage wäre, das Land zu verlassen, geschweige denn nach England zu gelangen.

Doch Mrs. Harris ließ sich nicht entmutigen. Sie sagte: «Nun verzweifeln Sie mal nicht, mein Kind. Aus Erfahrung weiß ich, daß man das, was man ernsthaft will, auch erreicht. Warten Sie nur, mir wird schon etwas einfallen.»

Normalerweise hätte ein so verbohrter Optimismus, der keines der von ihr aufgezählten Hindernisse gelten lassen wollte, Liz nervös gemacht, oder sie sich auch noch so elend und verzweifelt fühlen, aber sie konnte sich der unerschütterlichen Zuversicht, die Mrs. Harris ausstrahlte, nicht entziehen.

Mrs. Harris wußte selbst nicht genau, wie es dazu kam, doch sie hatte nicht vergessen, daß sie sofort, als Mr. Lockwood ihr sein Herz eröffnete, beschlossen hatte, eines Tages mit Liz an ihrer Seite bei ihm an der Wohnungstür zu läuten und zu sagen: «Mr. Lockwood, Sie bekommen Besuch von einer Freundin.» Es schien ihr inzwischen undenkbar, daß dieser Traum nicht in Erfüllung gehen sollte. Und da war noch etwas anderes. Ada zerbrach sich die ganze Zeit, während sie ihre undurchführbaren Pläne entwickelte, den Kopf über etwas, das der Berater des Botschafters, Sir Harold Barry, gesagt hatte. Aber es wollte ihr partout nicht einfallen – dabei hatte sie das Gefühl, wenn sie sich daran erinnerte, hielte sie damit den Schlüssel in der Hand, der all die tausend Türen wie durch Zauberkraft öffnen würde. Doch es wollte und wollte ihr nicht einfallen.

Immer noch fielen Lisawetas Tränen auf das Schriftstück, das Ada Harris', alias Lady Putz', Zugehörigkeit zur großen Welt bescheinigte.

«Und nicht einmal *das* stimmt», schluchzte Liz. «Verstehen Sie, Sie sind ja gar keine richtige Lady. O Gott, so meine ich das nicht. Es ist so schrecklich lieb von Ihnen, daß Sie mir helfen wollen, aber wenn Sie wirklich Lady Putz gewesen wären, wie es hier steht, hätte man vielleicht auf Sie gehört.»

«Deswegen brauchen Sie sich keine Gedanken zu machen», sagte Ada, ein Lächeln unterdrückend, als sie ihr Foto vor sich liegen sah, das Foto, das sie als hochgeborene, blaublütige Aristokratin aus Mayfair auswies. «Die alte, unscheinbare Ada Harris, die bei den feinen Leuten putzt, ihnen die Fußböden schrubbt und die Kleider in Ordnung hält, hat mehr vom Leben gesehen, als Sie glauben. Und zu guter Letzt kann sie vielleicht noch mehr für Sie tun als die andere mit ihrem Titel.»

Was hatte Sir Harold bloß gesagt? Irgendeine Bemerkung war es gewesen; wenn sie sich bloß nur daran entsinnen könnte.

Es wurde an die Tür geklopft, und auf ihr gemeinsames «Herein» trat ein außergewöhnlich hübscher, blonder junger Mann ins Zimmer. Die gestreiften Hosen und die kurze schwarze Jacke verrieten den Diplomaten. Er sagte: «Ich bin Byron Dale von der britischen Botschaft. Sir Harold Barry schickt mich her, um Ihnen zu sagen, daß es für Sie und Ihre Freundin vielleicht ratsamer wäre, wenn Sie sich bis zu Ihrem Abflug in der Botschaft aufhielten. Wie ich sehe, haben Sie Ihre Koffer noch nicht ausgepackt. Das ist gut so, Sir Harold meinte, Sie kämen am besten gleich mit.»

Ada verstand. Die Gefahr, die Violet und ihr seit ihrer Ankunft in der Sowjetunion gedroht hatte, war noch nicht vorüber, und jetzt war ihr auch Liz ausgesetzt, nachdem sie dem KGB die Stirn geboten und sich so furchtlos und vehement für sie und Violet eingesetzt hatte. Sie sagte: «Ich komme nur mit, wenn auch Liz mitkommen darf.»

Der junge Mann schien zunächst Bedenken zu haben, aber nach einem kurzen Blick auf Liz besann er sich anders und sagte: «Also gut. Niemand hat gesagt, daß sie nicht mitkommen dürfe. Hauptsache ist, daß wir uns beeilen. Mein Wagen wartet unten.» Er griff nach den beiden Koffern und ging, gefolgt von den Frauen, aus dem Zimmer. Etwa in der Mitte des Ganges blieb Mrs. Harris plötzlich stehen und rief: «Ich hab's!» Da Liz und Mrs. Butterfield sie ansahen, als habe sie den Verstand verloren, sagte sie: «Mir ist gerade eingefallen, was Sir Harold gesagt hat. Warten Sie, wir kriegen Sie schon noch auf unsere Insel, mein Kind.» Der Fahrstuhl brachte sie hinunter, und sie fuhren im Botschaftswagen davon.

Das Glück war ihnen hold gewesen. Die Männer vom KGB, die sich in Lady Putz' Suite begeben wollten, waren in den Fahrstuhl Nummer sieben eingestiegen, der schon seit Tagen irgendwelche Tücken zeigte. Und nun, vollgepackt mit KGB-Funktionären, blieb er einfach zwischen dem dritten und vierten Stockwerk stehen. Als die Panne endlich behoben war und sie oben ankamen, waren die Vögel ausgeflogen und das Nest der Pseudo-Lady leer, die sie wegen Führung eines falschen Namens und noch anderer Vergehen hatten verhaften wollen.

15

Anatol Pawlowitsch Agronsky, stellvertretender Außenminister, der acht Jahre lang den Posten eines russischen Botschafters in London bekleidet hatte, und Sir Harold Barry, der engste Berater des britischen Botschafters, waren alte Freunde. Bei schönem Wetter spielten sie zusammen Tennis, liefen im Winter leidenschaftlich gern Schlittschuh und trafen sich auch gelegentlich am Bridge-Tisch. Sie nannten sich mittlerweile beim Vornamen und verkehrten ungezwungen und freundschaftlich, außer wenn es um Amtsgeschäfte ging. Dann zog jeder sich auf seine Seite und zu der von ihm gewählten Farbe, Schwarz oder Weiß, des diplomatischen Schachbretts zurück, und die beiden machten ganz gelassen, doch immer darauf bedacht, das anstehende Problem jeweils zum Wohl des eigenen Landes zu lösen, ihre Schachzüge und besprachen in aller Ruhe, welcher Ausweg am besten aus der Sackgasse herausführte. Eine solche Zusammenkunft fand nun statt.

Dieses Treffen konnte sich unter Umständen als völlig belanglos erweisen, aber ebensogut konnte es auch schwerwiegende diplomatische Auswirkungen zeitigen, und so erfolgte es auf neutralem Boden; vermutlich war der Ort, wo sie sich trafen, der einzige weit und breit, der noch nicht mit Wanzen verseucht war, obwohl die Russen technisch durchaus in der Lage waren, Gespräche auch über größere Entfernungen hinweg abzuhören. Die beiden Diplomaten saßen auf einer Bank im Herzen des Gorki-Zentralparks, wo sowohl die von der Straße herüberdringenden Geräusche, als auch das Geschrei spielender Kinder den erwünschten Lärm abgaben. Keiner der beiden Männer wollte, daß das Gespräch belauscht würde, weder von russischer noch von englischer Seite.

«Sie sehen, mein lieber Harold», sagte Agronsky, «daß die Sache sich unserem Einfluß entzogen hat, selbst wenn wir Ihnen helfen wollten, was ich wirklich von Herzen gern täte. Aber Sie dürfen doch nicht einfach die Augen davor verschließen, daß diese beiden Frauen Spioninnen sind – daran besteht gar kein Zweifel –, zumindest die eine, die sich Mrs. Harris nennt. Das geht doch schon daraus hervor, daß sie einen falschen Namen angenommen und sich als englische Aristokratin ausgegeben hat. Das wird hierzulande, wie Sie wissen, mit äußerstem Mißfallen betrachtet – ich nehme an, daß es sich bei Ihnen nicht anders verhält. Inzwischen hat das KGB die beiden Frauen, denke ich, in Gewahrsam genommen, wie auch die Intourist-Führerin Lisaweta Nadjeschda Borowaskaja, die offensichtlich mit den beiden unter einer Decke steckt.»

Sir Harold, der mit übergeschlagenen Beinen dasaß, hörte sich die zehnminütigen Auslassungen Agronskys über die Verbrechen der drei Frauen mit verschlossener Miene stumm an.

«Die Frauen werden keinerlei physischem Druck ausgesetzt werden», fuhr Agronsky fort, «doch das KGB kann natürlich auch mit anderen Methoden zu den gewünschten Informationen kommen. Ich vermute, es wird ein Gerichtsverfahren geben, sie werden ein Geständnis ablegen und anschließend verurteilt werden. Und sobald die Sache in Vergessenheit geraten ist, wird man sie begnadigen und ausweisen.» Der stellvertretende Außenminister schwieg.

Auch Sir Harold sagte nichts; er saß nun nicht mehr mit gekreuzten Beinen da, sondern rückte ein wenig näher an seinen Freund heran, um in größere Nähe eines brüllenden Babys zu kommen. Das Eulengesicht wich einem fast freundlichen Lächeln. Er sagte: «Von Ihrem Standpunkt aus gesehen mag alles seine Richtigkeit haben, lieber Freund Anatol Pawlowitsch – doch leider wollte es der Zufall, daß eure KGB-Leute einen Fahrstuhl benutzten, der dank des minderwertigen Materials seinen Geist aufgab und steckenblieb. Als er wieder funktionierte, waren Mrs. Harris und Mrs. Butterfield bereits auf dem Weg zu unserer Botschaft. Dort hält sich auch die junge Russin auf, Lisaweta Nadjeschda Borowaskaja. Mrs. Harris bestand darauf, daß sie mitkam.» Sir Harold hatte es an der Zeit gefunden, einmal gesprächsweise einfließen zu lassen, was er von der russischen Bauwirtschaft hielt; das hatte mit seinen persönlichen Gefühlen für Agronsky nichts zu tun.

Agronsky seufzte tief auf und bemerkte: «Es gibt ein altes russisches Sprichwort: ‹Es ist schwieriger einen ehrlichen Lieferanten zu finden als einen Diamanten in einem Brotpudding.›»

«Das muß ich mir merken.» Sir Harold lächelte, und damit konnte die zweite Runde beginnen.

Bald darauf sagte Sir Harold: «Sie sehen also, mein lieber Anatol, es ist euch glänzend gelungen, euch zum Narren zu machen. Mrs. Harris und Mrs. Butterfield sind ebensowenig Spioninnen wie Sie Primaballerina am Bolschoi-Ballett. Euer Dossier, wonach Mrs. Harris eine gefährliche Spionin ist, ist eine reine Erfindung von Funktionären, die auf eine Beförderung aus sind. Ich will zugeben, daß das KGB möglicherweise recht hat, wenn es Leute wie Major Wallace und Lady Dant einer antisowjetischen Haltung beschuldigt. Sie nehmen es mir hoffentlich nicht übel, wenn ich Ihnen verrate, daß ein großer Teil der Bevölkerung der britischen Inseln die Russen und ihr Land am liebsten auf dem tiefsten Meeresgrund sähe, aber niemand würde auch nur einen Finger krumm machen, um das zu erreichen.»

«Ich nehme es Ihnen aber übel», setzte Agronsky an, doch Sir Harold fiel ihm liebenswürdig ins Wort: «Das sollten Sie nicht, denn ihr möchtet genau dasselbe, was uns angeht – nur mit dem Unterschied, daß ihr Milliarden Rubel jährlich für dieses Ziel ausgebt. Doch lassen Sie uns auf unser Thema zurückkommen.»

Agronsky war noch immer leicht verärgert, aber nicht nur über Sir Harold, sondern auch über sich selbst, weil er eine der vornehmsten

Spielregeln der Diplomatie mißachtet hatte, nämlich, nie geradeheraus zu sagen, was man vorhat. Er erwiderte: «Was die beiden Frauen betrifft, so werden über ihren Fall die Gerichte entscheiden. Bis dahin können sie meinetwegen in Ihrer Botschaft bleiben. Das junge Mädchen allerdings muß unverzüglich unseren Behörden übergeben werden. Als vernünftiger Mensch, Harold, müssen Sie einsehen, daß wir nicht anders handels können.»

«Als vernünftiger Mensch schon», gab Sir Harold zurück, «doch nicht als Freund.»

«Wie bitte?»

«Mrs. Harris ist keine Spionin. Sie hat keine Kurierdienste geleistet und sich auch sonst in keiner Weise subversiv betätigt. Ich gebe Ihnen mein Wort darauf, und Sie wissen, daß ich Sie noch nie angelogen habe. Ich muß also annehmen, daß die Vertreter eures Utopia für das Weltproletariat in der Person von Mrs. Harris gegen eine in England hochgeachtete Institution Anklage erheben wollen, den Beruf der Putzfrau, diese schwer arbeitenden Frauen, die um vier Uhr morgens aufstehen, um die Fußböden der Büros zu schrubben, und deren Feierabend oft erst nach Sonnenuntergang anbricht. Dafür bekommt sie in der Regel umgerechnet einen halben Rubel Stundenlohn; meistens ist sie verwitwet und hat Kinder, die sie ernähren und großziehen muß – sie ist eine der Hauptstützen unserer englischen Lebensart. Wenn Ihr diese Frau aus dem Volke vor die Schranken des Gerichts zieht, wird unsere Presse ein solches Zetergeschrei erheben, daß euch Hören und Sehen vergeht.»

«Aber daß sie sich als Lady ausgegeben hat und sich auch noch Ihrem Prinzen vorstellen ließ!» protestierte Agronsky.

«Ach, hören Sie doch auf», antwortete Sir Harold. «Eure Beamten sind genauso unfähig wie eure Verantwortlichen in Bau und Industrie. Wir haben uns eine Fotokopie des Visum-Antrags von Mrs. Harris verschafft und festgestellt, daß einer von euren besonders scharfsinnigen Staatsdienern zwei Worte vertauscht hat. Das ist der Grund für das ganze Durcheinander. Außerdem hat jeder gehört, wie Mrs. Harris die Sache dem Herzog gegenüber sofort richtigstellte. Wenn Sie auf den Rat eines alten Freundes hören wollen, der Ihnen sehr zugetan ist, dann sollten Sie Mrs. Harris und Mrs. Butterfield morgen mittag mit der planmäßigen Maschine der British Airways nach London zurückfliegen lassen, womit der ein wenig ausgefallene Moskau-Trip ein Ende hätte.»

Agronsky brach plötzlich in schallendes Gelächter aus und schlug sich aufs Knie. «Also gut, Sie haben ganz recht. Die Sache ist eine einzige Groteske, und die beiden können natürlich abreisen. Ich besorge auch die Blumen, und falls das KGB seinen Zorn an mir ausläßt, sind Sie eben Ihren Tennispartner los. Das junge Mädchen aber muß uns unverzüglich übergeben werden.»

Um mit Agronsky gleichzuziehen, hätte Sir Harold in das Lachen einstimmen und sich auch aufs Knie schlagen sollen. Doch er tat es nicht, im Gegenteil. Er setzte erneut sein Eulengesicht auf, strich sich mit dem Zeigefinger über seinen Schnurrbart und sagte: «Hm, ja, aber ich fürchte, das genügt nicht ganz. Mrs. Harris hat nämlich an ihre Abreise die Bedingung geknüpft, daß man Lisaweta Nadjeschda Borowaskaja die Ausreise nach London gestattet.»

Agronsky brauste auf. «Was?!» schrie er so laut, daß seine Stimme sogar das Plärren der spielenden Kinder und das Schreien des Babys übertönte.

«Es handelt sich um eine Herzensangelegenheit», erwiderte Sir Harold ruhig und berichtete seinem Freund von der verfahrenen Liebesgeschichte zwischen Lisaweta Nadjeschda Borowaskaja und Geoffrey Lockwood.

Agronsky wurde zum erstenmal wirklich wütend und sagte scharf: «Das ist völlig ausgeschlossen, und das wissen Sie so gut wie ich. Wie kommt diese Frau dazu, der Sowjetregierung Bedingungen zu stellen? Und außerdem, mein Freund, Sie sind – verzeihen Sie – ein Narr, daß Sie mir davon erzählt haben, denn wenn ich meine Stellung nicht riskieren will, kann ich die Sache nicht totschweigen, und die Folge wird sein, daß man das junge Mädchen streng bestrafen wird. Keine Stunde wird vergehen, und die Leute vom KGB werden in Ihrer Botschaft vorsprechen. Ich verlange von Ihnen die Herausgabe des Mädchens. Ich weiß, daß Ihnen angesichts unserer gegenseitigen Entspannungsbemühungen nicht daran gelegen sein kann, eine internationale Verwicklung heraufzubeschwören. Stimmen Sie also zu?»

Seltsamerweise gab der englische Diplomat keine Antwort auf diese Frage, sondern sagte statt dessen ein wenig traurig: «Was seid ihr Russen bloß für Menschen, daß es euch ein so diabolisches Vergnügen bereitet, Liebende zu trennen? Warum verweigert ihr Menschen, die sich schätzen und einander zugetan sind, das Recht auf ein Beisammensein? Ihr tut alles, um Familien auseinanderzureißen. Jedes Hindernis, das eure starre Bürokratie jungen Liebesleuten in den Weg legt, falls der eine Partner zufällig Ausländer ist, findet euren Beifall. Eure Grausamkeit auf diesem Gebiet ist ohne Beispiel, und doch gibt es, glaube ich, kein anderes Volk auf der Welt, das so warmherzig und gefühlvoll ist wie das russische, und engere Familienbande als hier kenne ich auch nicht. Wie erklären Sie sich das, Anatol Pawlowitsch?»

«Also bitte, Harold», erwiderte Agronsky. «Sie wollen doch hoffentlich jetzt nicht von mir die berühmte russische Seele definiert haben. Schließlich leben Sie lange genug hier und müssen wissen, wie unergründlich sie ist – ein wahrer Irrgarten. Und noch eins – wenn Sie bis jetzt noch nicht gelernt haben, zwischen russischer Gefühlsseligkeit und politischer Nüchternheit zu unterscheiden . . .»

«Ja, natürlich», sagte Sir Harold. «Ich dachte nur gerade an die Presse. In der Fleet Street braucht man doch nur etwas von einer ‹hoffnungslosen Liebe› zu erwähnen, und schon setzen sich die Rotationsmaschinen quasi von selbst in Bewegung.»

«Das sind wir ja gewöhnt», sagte Agronsky seufzend, «aber das läßt sich verschmerzen. Die Leute überfliegen die Schlagzeilen und . . .»

«Oh», rief Sir Harold aus, und sein Gesicht glich immer mehr dem einer Eule. Er war jetzt ganz ernst. «Ich hatte weniger daran gedacht als an den Geheimbund der Putzfrauen.»

«Geheimbund?» wiederholte Agronsky und spitzte die Ohren wie ein Terrier beim Piepsen einer Maus. «Geheimbund, sagten Sie? Aber darum dreht sich ja das Ganze. Dann ist an dem Dossier also *doch* etwas dran.»

«Ich bitte Sie, Anatol», erwiderte Sir Harold ruhig. «An Zwangserscheinungen sollte ein Diplomat Ihres Formats nicht leiden. Ich meine die unermüdliche Tratschsucht der Putzfrauen. Sie haben doch lange genug in London gelebt und müßten diesen Typ doch eigentlich kennen?»

Die Erinnerung an London, wo es ihm ausnehmend gut gefallen hatte, zauberte plötzlich ein Lächeln auf das Gesicht des Russen. «Ja, richtig, die gute Mrs. Minby zum Beispiel, die bei Kip Slade-Watts arbeitete. Die hatte ich später richtig gern.»

«Na also», sagte Sir Harold. «Und woher wußten Sie drei Tage früher als wir, daß die Regierung des mittelafrikanischen Staates Ngonbia im Begriff war, die Beziehungen zu uns abzubrechen und ihren Botschafter abzuberufen?»

«Aber selbstverständlich von unserem Geheim . . .» Agronsky hielt plötzlich inne, schlug sich an die Stirn und fuhr fort: «Natürlich – Mrs. Minby! Und die hatte es von Mrs. Cranshaw, deren Freundin in der ngonbianischen Botschaft saubermachte.»

«Genau», sagte Sir Harold. «Eine Frau wie Mrs. Harris würde nie auf den Gedanken kommen, sich an die Presse zu wenden, aber die Journalisten werden irgendwann Wind von der Sache bekommen, und angesichts des großen Wirbels, den es gab, als die Sache mit den Dissidenten bekanntwurde, wie Sie selbst sagen, wird die andere Geschichte noch mehr Aufsehen erregen. Dann sind wir uns also einig, ja? Ich verlasse mich darauf, daß das KGB den beiden Bürgerinnen meines Landes nicht in letzter Minute irgendwelche Schwierigkeiten macht.»

«Machen Sie sich deswegen keine Gedanken», sagte Agronsky.

«Wenn das KGB erst einmal merkt, welches Durcheinander es in diesem Fall angerichtet hat, wird man dort ganz andere Sorgen haben.»

«Ich danke Ihnen», sagte Sir Harold, machte jedoch keine Anstalten, sich zu erheben. Er lächelte verlegen und sagte: «Ich habe noch eine weitere Bitte an Sie, Anatol, und ich wage sie auch nur vorzubringen, weil wir uns so lange kennen. Würden Sie bitte nur für ein paar Minuten mit mir in die Botschaft kommen? Mrs. Harris möchte sich gern persönlich bei Ihnen für das junge Mädchen verwenden.»

Agronsky wurde förmlich und wiederholte: «Was soll das heißen: persönlich? Sie wissen doch, daß das zwecklos ist.»

«Natürlich weiß ich das», sagte Sir Harold. «Aber es wäre trotzdem sehr liebenswürdig von Ihnen. Sie ist eine einfache, gute Seele, so ehrlich und rechtschaffen, wie man es sich nur vorstellen kann, und sie ist fest davon überzeugt, daß sie eure Herzen erweichen könnte, wenn man sie nur mit einem der ‹hohen Herrn› reden ließe. Sie braucht sich dann nach ihrer Rückkehr wenigstens keine Vorwürfe zu machen, daß sie nicht alles versucht hätte.»

Der Russe warf seinem Freund einen Blick zu. Dann klopfte er ihm auf die Schulter und sagte: «Sie sind selbst eine gute Seele, Harold. Also schön. Im Gedenken an unsere liebe Mrs. Minby will ich Ihre Bitte erfüllen.»

Die beiden Männer verließen den Park und stiegen in den Wagen der Britischen Botschaft. Auf der Fahrt dorthin dachte Agronsky, daß er sich wohl noch nie im Leben auf eine so absurde Geschichte wie diese eingelassen hatte. Auf dem Rückweg war er der gegenteiligen Meinung und dachte voller Dankbarkeit an seinen guten Stern.

Ada Harris konnte die Bitte, die sie Anatol Pawlowitsch Agronsky vortrug, nur in schlichte, gefühlsvolle, zu Herzen gehende Worte kleiden. Liz wartete in einem anderen Raum. So hörten also nur die beiden Männer und Mrs. Butterfield – die sich hin und wieder eine Träne aus dem Augenwinkel wischte – Ada zu, wie sie von der Beständigkeit der beiden Liebenden sprach, die einander die Treue gehalten hatten, obwohl ihnen selbst ein Briefwechsel versagt geblieben war, immer hätten sie gehofft, daß doch noch alles gut würde.

«Er ist eben ein Gentleman», erklärte Ada. «Ein anderer hätte das Ganze vielleicht als eine flüchtige Liebelei betrachtet und das Mädchen dann vergessen. Aber da kennen sie ihn nicht. Wie ein Schuljunge sitzt er träumend vor ihrem Foto und setzt Himmel und Erde in Bewegung, damit die englischen Behörden ihm helfen, daß das Mädchen die Ausreiseerlaubnis erhält und zu ihm kommen kann.»

Hat denn einer von unseren Leuten auch nur einen Finger gerührt, um ihm zu helfen? Mit welchem Recht halten wir Engländer uns eigentlich für zivilisierter als die Russen? schoß es Sir Harold durch den Kopf.

«Liz – ich meine das junge Mädchen», fuhr Mrs. Harris fort, «ist ein wahrer Engel. Sie hat ihm ihr Wort gegeben und es nicht gebrochen. Es hätte ja auch sein können, daß er verheiratet war und zwei Kinder hatte, aber sie hatte versprochen, auf ihn zu warten, und wenn ein Mensch mit einem so unwandelbaren Herzen etwas verspricht, dann hält er es auch. Es kommt nicht oft vor, Sir, daß zwei Menschen, die durch Umstände wie diese getrennt werden, zu ihrem Wort stehen. Wenn es aber passiert, dann weiß man, daß es sich um wahre Liebe handelt. Wissen Sie, was geschieht, wenn Sie sie ausreisen lassen, Sir? Die beiden jungen Menschen werden Ihrem Land ewig dankbar sein und es immer lieben. Was haben Sie zu verlieren, Sir, wenn Sie zwei gebrochene Herzen wiedervereinen? Geben Sie sie frei. Ihr eigenes Herz wird es Ihnen danken.»

Der stellvertretende Außenminister war in der Tat gerührt, mehr gerührt, als er es erwartet hatte, umgestimmt jedoch hatte Mrs. Harris ihn nicht, denn er konnte die Sache drehen und wenden, soviel er wollte, sie wurde nicht anders. Da war einfach nichts zu machen. Das junge Mädchen hatte gleich gegen mehrere strenge sowjetische Gesetze verstoßen, und höheren Orts war man zur Zeit in diesem Punkt ganz besonders empfindlich. Agronsky sah Mrs. Harris heute zum erstenmal; er hatte an dem Empfang nicht teilgenommen. Jetzt saß sie vor ihm, eine kleine, zierliche Person, das Gesicht von tiefen Furchen durchzogen, die von der Härte eines langen Lebens zeugten, und die knotigen Finger verrieten, wie schwer sie all die Jahre gearbeitet hatte. Er dachte an die Millionen und aber Millionen von Russen, die vom Leben und von harter Arbeit in gleicher Weise gezeichnet waren, und wie sie, wenn sie bei einem kleinen Beamten um eine Genehmigung oder Erlaubnis oder ein notwendiges Dokument nachsuchten, sofort barsch abgewiesen wurden, nur weil der betreffende Beamte seine Macht ausspielen wollte. Nun, so war die russische Bürokratie nun einmal, und er, Agronsky, war ein Teil von ihr. Aber es machte ihm keine Freude, daß er Ada die folgende Antwort geben mußte: «Ich muß Ihnen leider sagen, Madam, daß wir keine Möglichkeit haben, Ihrer Bitte zu entsprechen. Das junge Mädchen, Lisaweta Nadjeschda Borowaskaja, hat sich gegen das Gesetz vergangen und wird die Folgen tragen müssen.»

Mrs. Harris' Züge verhärteten sich, doch Angrosky nahm es nicht wahr. «Gegen was für ein Gesetz?» fragte Ada. «Ist es verboten, jemanden zu lieben?»

Der stellvertretende Außenminister sagte: «Das gehört nicht zur Sache.» Ihm entging auch die Röte, die ihr in die faltigen Wangen stieg, und daß ihr zierlicher Körper sich straffte und ihre Augen, die eben noch sanft und freundlich geblickt hatten, mit einemmal funkelten. Und er fügte hinzu: «Es ist ausgeschlossen. Ihr Landsmann wird es Ihnen bestätigen.»

Mrs. Harris sah Sir Harold an und fragte: «Stimmt das?»

Sir Harold sagte: «Ich fürchte, ja.»

Mrs. Harris richtete sich kerzengerade auf ihrem Stuhl auf. «Was werden sie mit ihr machen?»

Sir Harold konnte sich später um keinen Preis der Welt mehr daran erinnern, warum er ihr die Wahrheit gesagt hatte. Statt ihren Schmerz durch eine Notlüge zu lindern und ihr zu versichern, die junge Russin werde mit einer leichten Strafe davonkommen, hörte er sich sagen: «Wahrscheinlich bekommt sie ein paar Jahre Arbeitslager.»

«Wie dieser Schriftsteller, von dem ich gelesen habe?» rief Mrs. Harris aus.

Sir Harold merkte, daß er einen Fehler begangen hatte, und wollte das Gesagte abschwächen. «So schlimm ist das gar nicht», hob er an, doch das Unglück war geschehen.

Ada Harris faßte Antol Agronsky ins Auge und rief: «Sie Ungeheuer! Mit Ausnahme dieses jungen Mädchens, dessen Leben Sie zerstören wollen, ist mir in diesem Land nicht eine lebende Seele begegnet! Ihr haßt alles und jeden, euch selbst eingeschlossen. Ihr haßt unschuldige Christen, die Gottes Wort verkünden, und ihr haßt die Juden, es sei denn, ihr braucht sie. Wie zum Beispiel den armen Mr. Rubin mit seinem Toilettenpapier. Von wegen Vogelfutter! Alles, was ihr tut, tut ihr heimlich. Wer hier ...» Mrs. Harris hielt abrupt inne, so erschrocken war sie über die plötzliche Veränderung, die mit dem stellvertretenden Außenminister vor sich gegangen war. Sein Gesicht war aschfahl; er schwankte, riß sich aber so gut wie es ging zusammen und wischte sich mit zitternder Hand den Schweiß von der Stirn. «W-w-ie b-bitte?» stammelte er. «Was haben Sie da eben von Vogelfutter gesagt?»

Mrs. Harris hatte noch nicht ganz begriffen, daß sie auf eine Goldader gestoßen war, doch eines lag klar zutage: sie hatte diesen strengen, unbeugsamen Mann aus der Fassung gebracht.

«Sie haben es ja gehört. Unzählige Mengen von diesen Sie-wissen-schon-von-was-für-Papierrollen-ich-spreche werden als Vogelfutter deklariert hier in Ihr Land eingeführt. Nicht mal eine gewöhnliche geschäftliche Transaktion könnt ihr gerade und ehrlich durchführen. Wenn ihr Traktoren kauft, deklariert ihr die wahrscheinlich als Gesichtscreme oder als Kartoffelchips.»

Sir Harold war im Gegensatz zu seinem Freund nicht aus der

Fassung gebracht, doch er betrachtete Mrs. Harris durch seine riesige Hornbrille plötzlich mit großer Verwunderung und Hochachtung, denn ihm war ein Licht aufgegangen. Mrs. Harris hatte auf irgendeinem Wege Wind von etwas bekommen, was die Russen unter allen Umständen geheimhalten wollten; niemand durfte etwas davon wissen. Mrs. Butterfield machte ein verdutztes Gesicht.

Agronsky versuchte zu bluffen: «Vogelfutter? Papierrollen? Ich weiß nicht, wovon Sie reden, gute Frau.»

Doch Mrs. Harris ließ ihre Wahrhaftigkeit von niemandem anzweifeln. «Ach, hören Sie doch auf», sagte sie scharf. «In ganz Moskau gibt es nicht eine einzige Rolle Klopapier, das heißt, in eurem ganzen verflixten Land nicht, und das ist nicht nur hier so. Auch in Japan stehen die Leute Schlange danach, und die Afrikaner haben nichts als Palmenblätter. Glauben Sie denn, ich lese keine Zeitungen? Ihr kauft unsere ganzen Vorräte auf, aber ihr habt nicht den Mumm, das zuzugeben, und darum laßt ihr alles als Vogelfutter kommen.»

Sir Harold mußte ihnen den Rücken zudrehen, oder er wäre laut herausgeplatzt.

«Wer hat Ihnen eine so ungeheuerliche Lüge aufgetischt?» krächzte Agronsky.

«Eine ungeheuerliche Lüge! Das ich nicht lache. Ich habe es von Mr. Rubin. Er war wie so oft betrunken, und wenn Sie wollen, sage ich Ihnen auch den Namen der Vogelfutterfirma, unter dem das Toilettenpapier eingeführt wird.»

Der stellvertretende Außenminister wischte sich erneut den Schweiß von der Stirn, holte tief Luft, um die Selbstbeherrschung nicht zu verlieren, und sagte: «Sir Harold, kann ich Sie bitte einen Moment unter vier Augen sprechen? Wenn wir vielleicht . . .»

«Aber natürlich», erwiderte der britische Botschaftsrat. «Kommen Sie, wir gehen in mein Büro . . .» Er wandte sich an die beiden Damen und sagte: «Entschuldigen Sie uns für einen Augenblick», und da er Agronsky den Rücken zukehrte, blinzelte er Mrs. Harris so heftig zu, wie es keine Eule besser gekonnt hätte. Als er und Agronsky den Raum verließen, kam Mrs. Harris zum erstenmal der Verdacht, daß sie auf eine Goldader gestoßen war.

Sir Harold schloß die Tür seines Büros sorgfältig hinter sich. Die beiden Männer nahmen Platz, und jeder steckte sich eine Zigarette an. Einige Minuten rauchten sie schweigend vor sich hin, und jeder sann für sich darüber nach, welche Argumente er bei der bevorstehenden Auseinandersetzung ins Feld führen konnte.

Agronsky kam als erster zur Sache: «Wir können dieser Mrs. Harris selbstverständlich nicht gestatten abzureisen. Das sehen Sie doch ein, nicht wahr?»

Sir Harold nickte ernst und erwiderte: «Von Ihrem Standpunkt aus gesehen, vielleicht.»

«Sie ist auf irgendeine Weise in den Besitz einer Information gelangt, die, falls sie verbreitet wird, dem Ansehen der Sowjetunion großen Schaden zufügen kann.»

Sir Harold nickte wieder und sagte: «Ja, das verstehe ich schon, aber was ist mit *mir*?»

«Wie bitte?» fragte der Russe scharf.

«Ja, ich weiß es doch jetzt auch», antwortete Sir Harold ruhig und freundlich. «Damit sind wir – Moment mal: Mr. Rubin, Mrs. Harris, Mrs. Butterfield und ich – also bereits vier Personen, die es wissen.»

Er drehte seine Zigarette zwischen den Fingern und betrachtete sie angelegentlich, bevor er fortfuhr: «Mein lieber Anatol, nach Ihrem Weggang vergehen keine zwei Minuten, und ich werde Seine Exzellenz den Botschafter über die Sache in Kenntnis setzen. Kurz danach weiß es der Sekretär, der unsere Nachrichten verschlüsselt. Dann erfährt es der Angestellte im Foreign Office in London, der sie dechiffriert, anschließend der Außenminister und so weiter und so fort. Das ergibt eine so stattliche Anzahl von Mitwissern, daß die Damen Harris und Butterfield beinahe nicht mehr zählen, abgesehen vielleicht vom Geheimbund der Putzfrauen. Sie müssen doch begreifen, alter Junge, daß jede weitere Spekulation darüber, die beiden unschuldigen Frauen nicht abreisen zu lassen, keinen Sinn hat.»

Dem zweiten Mann des sowjetischen Außenministeriums schwindelte bei der Vorstellung, welche Schwierigkeiten seiner Regierung drohten, nur weil eine englische Reinmachefrau etwas ausgeplaudert hatte.

Sir Harold drückte seine Zigarette aus und lehnte sich im Sessel zurück. Er sagte: «Nachdem also dieser Punkt geklärt ist, bliebe ja auch noch die Möglichkeit, daß die britische Regierung den Kaufvertrag annulliert, was ja keine Katastrophe für Sie bedeuten würde. Der Presse gegenüber wird man die Sache allerdings nicht verheimlichen können. Vogelfutter! Wie, um alles in der Welt, sind Sie denn bloß auf diese Idee verfallen?»

Agronsky wußte nicht, was er darauf antworten sollte. Er überlegte fieberhaft, wie er mit den verschiedenen Schwierigkeiten fertig werden konnte, und suchte gleichzeitig verzweifelt nach einem Ausweg aus der verfahrenen Situation.

Sir Harold ging nun zur Pfeife über, und nachdem er sie aufreizend langsam und umständlich gestopft hatte, sagte er: «Sie erinnern sich an unser Gespräch im Park? Es war unsere einhellige Meinung, daß die Schmähungen, die in der Presse eines Landes gegen eine andere Nation ausgestoßen werden, das Papier und die Druckerschwärze nicht wert sind. Trotzdem kann ich mir nicht denken, daß man an höherer Stelle sehr entzückt wäre, der ganzen Welt als Zielscheibe des Spottes zu dienen, falls die Zeitungen diese Vogelfuttergeschichte aufgreifen. Selbst die Japaner, die in der gleichen Klemme stecken wie Ihr Land, sind nicht auf eine so verrückte Idee verfallen. Und haben Sie schon einmal daran gedacht, was für ein gefundenes Fressen diese Geschichte für die Karikaturisten wäre, nicht nur in England, sondern in ganz Europa? *Der Spiegel*, *Le Canard Enchaine* und *La Stampa* – was, glauben Sie, lieber Freund, wie die das ausschlachten würden!»

Der stellvertretende Außenminister gab auf, und als guter Kommunist wandte er sich wie üblich an höhere Stelle um Hilfe. Er schlug die Hände vors Gesicht und stöhnte: «O mein Gott, was soll ich bloß tun? Man wird mir die Schuld geben, da bin ich ganz sicher.»

Sir Harold griff nach der Schachtel mit Streichhölzern auf seinem Schreibtisch, entnahm ihr ein Hölzchen und setzte damit seine Pfeife in Brand. Das alles tat er so gemächlich, als habe er sonst nichts Besseres zu tun, und nachdem er sich vergewissert hatte, daß sie gut zog, sagte er ruhig: «Machen Sie einen Kuhhandel.»

Der Russe ließ die Hände sinken. «Was soll ich machen?»

«Einen Kuhhandel», wiederholte Sir Harold. «Lassen Sie das junge Mädchen nach London ausreisen. Dafür halten Mrs. Harris und ihre Freundin den Mund. Eine ganz einfache Sache.»

Der Russe machte große Augen. Plötzlich schien sich ein rettender Ausweg zu finden. Er sagte: «Aber kann man sich darauf verlassen? Sie sprachen ja selbst von diesem ... Geheimbund der Putzfrauen ...»

«Aber das müssen Sie doch gemerkt haben», sagte Sir Harold, «daß Mrs. Harris eine Frau von Ehre ist. Was sie verspricht, das hält sie auch.»

Agronskys Gesicht bekam wieder etwas Farbe. Er sagte: «Glauben Sie wirklich, daß ...» Er brach ab und fuhr nach kurzer Pause fort: «Und was ist mit Ihnen? Sie haben vorhin gesagt, daß ja auch Sie inzwischen davon wüßten. Der Botschafter, das Foreign Office werden es erfahren, Ihr Pflichtbewußtsein ...»

Sir Harold sog bedächtig an seiner Pfeife. Dann sagte er: «Wenn Mrs. Harris' inständiges Bitten Sie nicht angerührt hat, Anatol Pawlowitsch – mich hat es bewegt. Lassen Sie das junge Mädchen ziehen, und ich verspreche Ihnen, auch im Namen von Mrs. Harris und deren Freundin, daß das, was hier ruchbar geworden ist, unter uns bleibt. Das Geheimnis wird gewahrt werden. Sie haben die nötige Macht und auch die Zivilcourage, um für Lisaweta Nadjeschda Borowaskaja das erforderliche Ausreisevisum innerhalb von zwölf Stunden zu beschaffen.»

Agronsky überlegte fieberhaft. Wenn er alle Beziehungen spielen ließ, konnte das Visum in kürzester Zeit zur Stelle sein. Doch gleich darauf ließ er mutlos den Kopf sinken und sagte: «Aber das KGB . . .»

«Das brauchen Sie nicht zu fürchten», sagte Sir Harold. «Dort geht es im Augenblick drunter und drüber. Die Leute haben Mist gebaut, wie unsere amerikanischen Freunde es ausdrücken würden, haben aber noch nicht herausgekriegt wo. Wenn Sie keine Zeit verlieren, ist das junge Mädchen, bis sie hellhörig werden, längst über alle Berge.»

Agronskys Gesicht hellte sich auf.

Sir Harold klopfte seine Pfeife aus, erhob sich und sagte: «Kommen Sie, wir müssen mit den Damen ja noch einiges besprechen.»

16

Sir Harold nahm den Telefonhörer ab und sagte zu einem Sekretär: «Ich lasse die Fremdenführerin Lisaweta Nadjeschda Borowaskaja zu uns bitten.» Kurz darauf erschien Liz, bekümmert, unsicher und verschüchtert. Als sie Agronsky erblickte, wurde sie blaß.

Mrs. Butterfield schluchzte und Mrs. Harris wagte kaum, Liz anzusehen. Auch sie war ziemlich aufgeregt und wußte nicht, wie es weitergehen sollte.

Sie waren im Empfangsraum der Botschaft versammelt, und Agronsky blickte verstohlen um sich. Er wandte sich an Sir Harold: «Sind wir hier sicher – ich meine . . . Sie verstehen schon . . .?»

«Das bezweifle ich», sagte Sir Harold, «aber über diesen Raum machen wir uns eigentlich am wenigsten Gedanken. Dennoch schlage ich vor, daß wir unsere kleine Konferenz im Schwitzbad abhalten.»

«Wo bitte?» fragte der stellvertretende Außenminister.

«Nun ja, nach einer Weile wird es da manchmal ein bißchen stickig, deshalb nennen wir den Raum unser Schwitzbad, aber er ist der einzige Ort in der Botschaft, wo man nicht abgehört werden kann.» Sie gingen über verschiedene Flure und Gänge und betraten durch Doppeltüren, zwischen denen sich eine merkwürdig gerippte Schwelle befand, einen kleinen, gemütlich eingerichteten Raum mit einem Konferenztisch und Stühlen darum herum. Sir Harold schloß die innere Tür und verriegelte sie. Dann drückte er auf einen Knopf an der Wand, worauf über der Tür ein rotes Licht aufleuchtete. «Jetzt können wir losschießen», bemerkte er geheimnisvoll und schaltete die Klimaanlage ein. «Absolut schalldicht», fügte er hinzu. «Bitte, nehmen Sie Platz.»

Die Anwesenden folgten der Aufforderung, und nach einer kurzen, verlegenen Stille ergriff Sir Harold das Wort. «Also, einer muß ja anfangen.» Er wandte sich an Lisaweta. «Gesetzt den Fall, Sie erhielten die Genehmigung, das Land zu verlassen, würden Sie dann nach London gehen, um dort in Frieden und Freiheit leben zu können?»

Das junge Mädchen starrte ihn an, als traue sie ihren Ohren nicht, und fragte: «Ist das Ihr Ernst, wirklich Ihr Ernst?»

«Ja», erwiderte Sir Herold. «Das ist mein Ernst.»

Nun ließ das junge Mädchen den aufgestauten Gefühlen freien Lauf und rief: «O ja, ja, ja! Ja, bitte. Ich gäbe alles darum, alles!»

Mrs. Harris saß plötzlich wieder kerzengerade da, wachsam wie ein Terrier, und in ihrem gewitzten Köpfchen arbeitete es heftig. Offenbar waren sie nicht umsonst hier in diesem schalldichten Gelaß der englischen Botschaft versammelt.

«Noch eine Frage», sagte Sir Harold mit einem Seitenblick auf Agronsky. «Haben Sie irgendwelche Verwandte in Rußland? Wer ist Ihr Vater? Wo lebt er?»

Liz sah den stellvertretenden Außenminister an. Sein Gesicht war ausdruckslos. Sie antwortete: «Er ist verschwunden, als ich . . . als ich drei Jahre alt war.»

«Und Ihre Mutter?»

«Sie ist vor zwei Jahren gestorben. Ich habe noch einen Onkel in Kiew, aber der hat sich nie um mich gekümmert. Vermutlich weiß er nicht einmal, ob ich überhaupt noch lebe.»

«Also, Herr Kollege», sagte Sir Harold, «Sie haben die Antworten der jungen Dame vernommen. Nicht das geringste Problem. Ich schlage vor, daß Sie jetzt Ihr Angebot unterbreiten.»

Agronsky wandte sich an Mrs. Harris und sagte: «Sir Harold und ich hatten vorhin Gelegenheit, uns unter vier Augen über Ihre Bitte, was das junge Mädchen betrifft, zu unterhalten. Die Sache berührt uns beide tief, und wir wären unter Umständen bereit, sie mit Ihnen gehen zu lassen.»

Liz stürzte mit einem Freudenschrei auf Mrs. Harris zu, bedeckte ihr kleines, faltiges Gesicht mit Küssen und rief: «Das habe ich nur Ihnen zu verdanken, niemand anderem. Oh, ich habe es ja gleich gewußt – Sie sind ein wunderbarer Mensch! Wie soll ich Ihnen nur danken, was soll ich . . .»

Mrs. Harris befreite sich sanft aus der Umschlingung und sagte: «Einen Augenblick, mein Kind! Erst mal wollen wir hören, welchen Haken die Sache hat.»

Agronsky sagte: «Unter einer Bedingung.»

Ada nickte und erwiderte: «Bedingungen gibt es immer. Raus damit.»

Und nun geschah etwas, was kein normaler Mensch für möglich

hielte. Zwei Welten begegneten sich – der in allen Sätteln gerechte, hochgebildete, weltkluge Diplomat und die einfache Frau aus dem Volke, die vermeintlich einfältige Witwe aus dem Arbeiterstand. Von den fünf hier versammelten Personen wußte nur eine nichts von der geheimen Transaktion und den damit verbundenen Problemen, und das war Liz. Agronsky sah Mrs. Harris prüfend an, sah sozusagen in sie hinein, und Mrs. Harris hielt seinem Blick stand. Dann sagte er zögernd: «Was wissen Sie eigentlich über diese Sache, von der Sie vorhin sprachen . . . was war es doch gleich . . . ach ja, jetzt fällt es mir wieder ein . . . dieses Vogelfutter?»

Keine Frage, die beiden verstanden sich, denn alles, was Mrs. Harris, seit sie so überstürzt hierher gebracht worden war, in der Botschaft gehört und gesehen hatte, fügte sich plötzlich nahtlos zusammen, und sie erwiderte: «Nichts.»

«Gar nichts?»

Mrs. Harris sagte: «Ich weiß überhaupt nicht, wovon Sie sprechen.»

«Und Ihre Freundin?»

Mrs. Harris sah Mrs. Butterfield liebevoll an. Violet hielt Liz an ihren stattlichen Busen gedrückt, wiegte sie hin und her und sprach beruhigend auf sie ein: «Aber, aber, Kindchen, wer wird denn so aufgeregt sein. Haben Sie denn nicht gehört, daß alles gut wird? Keine Sorge, Sie kommen mit uns nach London.»

Mrs. Harris sagte: «Wegen ihr brauchen Sie sich keine Gedanken zu machen.»

«Und was ist mit Ihnen?» fragte Agronsky, und tief im Innern verspürte er eine merkwürdige, beglückende Verbundenheit mit dieser zierlichen, ältlichen Frau, die ihm da gegenübersaß und die genau verstand, was hier vor sich ging und worauf er hinauswollte.

Sie sagte: «Ich gebe Ihnen mein Wort.»

Agronsky erwiderte: «Ich darf Ihnen also vertrauen . . .»

Ada blickte offen in das Gesicht mit den starken Backenknochen und sagte ruhig: «Ist das eine Frage oder eine Feststellung?»

Der Russe stieß einen Seufzer der Erleichterung aus und antwortete: «Eine Feststellung. Das junge Mädchen bekommt die Erlaubnis, das Land mit Ihnen zu verlassen.»

Wieder flossen Tränen. Liz warf sich in Mrs. Harris' Arme, klammerte sich an sie und rief immer wieder: «Ich kann es noch gar nicht glauben, ich kann mein Glück noch gar nicht fassen. Oh, welche Seligkeit!»

«Sie dürfen es ruhig glauben, mein Kind», sagte Mrs. Harris. Auch ihr Herz war übervoll. Und während sie Liz übers Haar strich, fügte sie mit leichtem Spott hinzu: «Ich kenne das Losungswort.»

Nun seufzte Agronsky wieder. Konnte er dieser schlichten Frau vertrauen? Würde sie ihm nicht in den Rücken fallen, sobald sie wieder in England und damit in Sicherheit war? Doch als er sie erneut betrachtete, da spürte er, daß sie ein warmherziger, lauterer Mensch war, der sich tapfer durchs Leben kämpfte. Er sagte: «Wir werden dafür sorgen, daß Lisaweta Nadjeschda Borowaskaja morgen vormittag um elf am Flughafen ist.»

Worauf Sir Harold, mit kaum merklicher Betonung des ersten Wortes, sagte: «*Wir* werden dafür sorgen, daß Miss Borowaskaja morgen vormittag um elf am Flughafen ist, zusammen mit Mrs. Harris und Mrs. Butterfield. *Sie* brauchen lediglich für Paß und Visum zu sorgen.»

Agronsky lächelte seinem Freund zu und sagte: «Also gut. Ich gebe zu, ich würde in Ihrer Lage auch nicht anders handeln.» Ein Gefühl der Erleichterung überkam ihn. Zwar hatte er sich für den Kuhhandel, den er eingegangen war, keine Rückendeckung eingeholt, und es konnte sein, daß man ihm einen Strick daraus drehte, doch wenn seine Vorgesetzten erst einmal die Einzelheiten erfuhren, würde man oben in der Regierung einsehen müssen, daß er, Agronsky, keine andere Wahl gehabt und das Richtige getan hatte.

Für den Augenblick vom Panzer der Bürokratie befreit, sagte Anatol Pawlowitsch: «Wissen Sie, Sie sind wirklich eine höchst bemerkenswerte Frau, Mrs. Harris. Ich schätze mich glücklich, Sie kennengelernt zu haben. Durch eine Reihe von höchst ungewöhnlichen Umständen hing es von Ihnen ab, welchen Verlauf eine bestimmte Affäre nahm, die unter Umständen das Ansehen der Sowjetunion beeinträchtigt hätte, und doch haben Sie keinen Versuch unternommen, Ihr Wissen zu Ihrem eigenen Vorteil oder zu dem des jungen Mädchens hier auszunutzen. Als sich Ihnen die Gelegenheit dazu geboten hätte, verlangten Sie nichts für sich selbst, sondern dachten nur an das Glück zweier junger Menschen. Gibt es denn gar nichts, was Sie selbst sich wünschen, irgendein kleines passendes Geschenk oder ein Andenken?»

Ada Harris richtete sich auf und antwortete schlicht: «Nein, Sir, vielen Dank. Sie sehen doch, welches Geschenk Sie mir bereits gemacht haben», und sie deutete auf Liz, die, den Kopf noch immer an Mrs. Harris' Schulter, vor Freude und Glück schluchzte. «Dieses Geschenk ist das schönste, das ich mir denken kann, und ich werde es mein Lebtag nicht vergessen. Auch Sie werde ich nie vergessen, und ich danke Ihnen von Herzen.»

Und dann trat plötzlich ein merkwürdiger Ausdruck in das Gesicht, das eben noch soviel Würde, ja fast Größe ausgestrahlt hatte. Die alte, verschmitzte Mrs. Harris mit ihren Apfelbäckchen und den lustig blitzenden Äuglein kam wieder zum Vorschein, und sie sagte: «Verzeihung, Sir – da Sie schon so liebenswürdig sind . . . mir ist etwas eingefallen . . .»

«Oh, wie schön», sagte der stellvertretende Außenminister. «Und was ist es?»

«Ein Pelzmantel», antwortete Mrs. Harris.

Agronsky war enttäuscht und hatte das Gefühl, er habe in seiner blühenden Phantasie Mrs. Harris doch zu hoch eingeschätzt. Er hatte an nichts Bestimmtes gedacht, als er sie fragte, ob sie irgendeinen Wunsch habe. Er hätte ihr gern ein kleines, hübsches Andenken geschenkt, und empfand darum die unerwartete Bitte um einen Pelzmantel eigentlich als habgierig und unangemessen. Er unterdrückte einen Seufzer und dachte, *was hast du schließlich erwartet? Letzten Endes sind sie doch alle gleich.* Und er sagte: «Ich verstehe. Also ein Pelzmantel soll es ein.»

«Ich will ihn nicht für mich, Sir», sagte Mrs. Harris, «sondern für meine Freundin hier. Die ganze Geschichte ist allein meine Schuld. Sie spart schon seit vielen Jahren für einen Pelzmantel, doch die Preise laufen ihr immer wieder davon. Jedesmal, wenn sie dachte, sie hätte das Geld beisammen, war der Pelz wieder zwanzig Pfund teurer als im Jahr vorher. Und dann hab ich ihr auch noch eingeredet, daß sie in Rußland billig einen Pelz kaufen könnte. Ich hatte es in den Heften und Prospekten mit all den schönen Fotos gelesen. Aber sie wollte nicht mit nach Rußland kommen, sie hatte Angst, und da habe ich zu ihr gesagt: ‹Du, Vi, das ist die Chance deines Lebens, billig an einen Pelzmantel zu kommen. In Rußland gibt's mehr Pelze als irgendwo sonst auf der Welt.› Aber, du lieber Gott . . . die Preise! Ich möchte mal wissen, wer so viele Rubel hat – wer sich die leisten kann. Zwei- bis dreitausend Pfund! Na ja, aber es steht ja auch sonst eine Menge in den Prospekten, was nicht stimmt.»

Sie zögerte einen Augenblick, als sei ihr plötzlich ein neuer Gedanke gekommen, und sagte dann: «Ich meine ja nicht so einen teuren Pelz wie in dem feinen Geschäft, sondern einen, wie ein Mädchen wie Liz ihn sich kaufen würde, wenn der Winter vor der Tür steht.»

Bei diesen Worten wurde Anatol Pawlowitsch Agronsky nun wieder ganz warm ums Herz. Abermals hatte Mrs. Harris nichts für sich erbeten, sondern etwas für ihre Freundin. *Und diese arme, dicke, verängstigte Frau soll ihn dann auch haben*, dachte Agronsky.

«Also gut», sagte er. «Ihre Freundin Mrs. Butterfield wird ihren Pelzmantel bekommen.»

«Oh, vielen Dank, Sir», stammelte Mrs. Butterfield «Aber das ist doch wirklich nicht nötig . . .» Mrs. Harris blitzte sie an und zischte: «Halt den Mund.»

Mrs. Butterfield verstummte.

Agronsky sah auf die Uhr und sagte: «Ja, dann will ich mich um Reisepaß und Visum kümmern, damit es bis morgen vormittag klappt.» Er wandte sich an Liz. «Würden Sie mir bitte Ihren Personalausweis und Ihre anderen Papiere geben?»

Liz blickte erschrocken auf. Ein russischer Bürger ohne seine amtlichen Papiere war so etwas wie eine ‹Unperson›.

Ada sagte: «Geben Sie sie ihm, Liz. Ich vertraue ihm.»

Das junge Mädchen stand auf, öffnete ihre Handtasche und übergab ihm die Papiere. Anatol Pawlowitsch schüttelte Liz die Hand und sagte: «Alles Gute!» Dann verabschiedete er sich von Mrs. Butterfield, und als letzte kam Mrs. Harris an die Reihe. Er beugte sich zu ihr hinunter und küßte sie auf beide Wangen, ehe er sich umwandte und ergriffen den Raum verließ.

Sir Harold stand auf und sagte: «Im ersten Stock sind zwei Zimmer, in denen Sie es sich gemütlich machen können. Allerdings dürfen Sie das Haus unter keinen Umständen verlassen, und zeigen Sie sich auch bitte nicht an den Fenstern oder an der Haustür.»

«Verzeihung, Sir», sagte Mrs. Harris, «kann ich hier ein Telegramm aufgeben?»

«Wohin?»

«Nach London. Ich will es auch bezahlen.»

«Aber natürlich, Mrs. Harris. Wir erledigen das gern für Sie. Schreiben Sie nur den Text auf...» sagte er und gab ihr Notizblock und Kugelschreiber.

Als Mrs. Harris den Text aufgesetzt hatte, warf er einen flüchtigen Blick darauf und sagte dann: «In Ordnung. Wir werden es sofort durchgeben.» Er konnte nicht ahnen, daß Mrs. Harris mit diesem Telegramm einen Traum begrub.

17

Die Stunden bis zum Abflug verliefen für Mrs. Harris und Mrs. Butterfield völlig glatt und reibungslos. Sir Harold Barry hatte die Damen zum Flughafen gebracht, und auch Anatol Pawlowitsch Agronsky war erschienen. Beide überreichten jeder der drei Damen einen Blumenstrauß. In dem großen Flughafengebäude herrschte noch mehr Gedränge als bei ihrer Ankunft, dachte Mrs. Harris, und ihr war, als läge eine merkwürdige Unruhe in der Luft, doch sie erklärte sich dieses Gefühl mit ihrer eigenen Freude darüber, daß es ihr gelungen war, das Unmögliche möglich zu machen. Sie hatte erreicht, daß Liz Rußland verlassen und mit ihr nach London fliegen durfte.

Bei den üblichen, sonst so langwierigen Formalitäten wie Paßkontrolle und Zoll gab es nicht die geringsten Schwierigkeiten. Und als sie die letzte Bariere mühelos hinter sich gebracht hatten und nun über die Rollbahn auf die Maschine zugingen, fand Mrs. Harris es auch gar nicht verwunderlich, daß sowohl Sir Harold Barry wie Agronsky sie begleiteten. Das Flugzeug war offenbar ausgebucht, denn es strömten ungewöhnlich viele Menschen darauf zu, darunter einige ungewöhnlich streng und ernst aussehende Männer. Die drei Frauen erklommen die Gangway, drehten sich oben noch einmal um und winkten; die beiden Diplomaten winkten freundlich zurück. Die meisten der etwas martialisch aussehenden Männer waren unten an der Gangway zurückgeblieben, und als die Tür des Jets sich schloß und die Düsentriebwerke lauter zu dröhnen begannen, machten sie kehrt und schritten wieder zum Flughafengebäude zurück.

Das Flugzeug rollte zur Startbahn und verharrte dort einen Augenblick. Dann raste es aufheulend über die Piste und schwang sich in die Lüfte.

Das hätten wir geschafft, dachte Sir Harold, zog sein Taschentuch hervor und tupfte sich einige Schweißtropfen von der Stirn. Er empfand in diesem Augenblick uneingeschränkte Hochachtung für seinen Freund und Gegner Anatol Pawlowitsch Agronsky. Er hatte Wort gehalten. Sir Harold drehte sich um und sah der Maschine der British Airways nach, die in diesem Moment in Richtung Westen am Himmel entschwand.

Wer den glücklichen Ausgang der Liebesgeschichte von Geoffrey Lockwood und Liz auf dem Flughafen Heathrow nicht selbst im Fernsehen miterlebt hatte, erfuhr davon durch Freunde und Bekannte oder aus den Zeitungen. Irgendwie hatte ein Pressemann Wind von der Sache bekommen, wahrscheinlich durch einen Angestellten vom Telegrafenamt, und als Lisaweta Nadjeschda Borowaskaja die Stufen der Gangway heruntergetrippelt kam und sich in Mr. Lockwoods Arme warf, gab es ein Feuerwerk von Blitzlichtern. Die Scheinwerfer des Fernsehens flammten auf, die Reporter schubsten und drängten sich, um dem glücklichen Paar ihre Mikrophone vor den Mund zu halten. Und die Mikrophone registrierten die Freudenschreie und die Kameras die Tränen in den Augen von Liz, Geoffrey, Mrs. Harris und Mrs. Butterfield.

Der Festzug mit dem glückstrahlenden Paar an der Spitze bewegte sich über die Rollbahn auf das Flughafengebäude und den Empfangsraum für VIPs zu. Der Champagner floß in Strömen, und alle stießen auf das Wohl der beiden Liebenden an.

Glücklicherweise fragte niemand danach, wieso Lisaweta so plötzlich die Ausreisegenehmigung erhalten hatte. Schließlich wußte man ja, die Russen waren unberechenbar. So kam es, daß der stellvertretende Außenminister Anatol Pawlowitsch Agronsky vergnügt und listig lächelte, als er mehrere überschwengliche Artikel in angesehenen englischen Zeitungen las, in denen die Russen ihrer Großzügigkeit wegen – die zweifellos die günstigsten Auswirkungen auf die Entspannung haben werde – gepriesen wurden.

Nachdem Mr. Lockwood Mrs. Harris zum tausendstenmal seine Dankbarkeit versichert hatte, stahlen sich Ada und Violet unauffällig davon. Sie winkten einem Taxi und fuhren nach Hause. Eine Stunde später saßen die Freundinnen, beide ein wenig beschwipst, in Mrs. Harris' Wohnzimmer bei ihrer abendlichen Tasse Tee. Ada war in Hochstimmung und überglücklich, daß ihr Traum in Erfüllung gegangen war.

«Du», sagte Mrs. Butterfield, «woher hat Mr. Lockwood eigentlich gewußt, daß wir seine Liz mitbringen? Ich dachte, es sollte eine Überraschung für ihn werden.»

«Ich habe ihm ein Telegramm geschickt», erwiderte Ada. «Wenn ich meine törichte Idee wahrgemacht und plötzlich mit Liz vor seiner Tür gestanden hätte . . . er hätte einen Herzschlag kriegen können. Stell dir vor, ich sage: ‹Hier ist Ihre Liebste, Mr. Lockwood› und er fällt tot um.» Sie machte eine kleine Pause. «Oder wenn er gerade Damenbesuch gehabt hätte . . .»

«Oh, Ada, du bist wunderbar», sagte Mrs. Butterfield. «Du tust immer genau das Richtige. Wie war das alles schön! Ich hab vor Rührung richtig weinen müssen.» Sie fügte hinzu: «Laß uns doch mal sehen, was es im Fernsehen gibt.»

Es gab den gleichen Schneesturm wie immer, obwohl der Apparat vor ihrer Abreise repariert worden war. Keine Spur von einem Bild, nur dichtes Schneetreiben. Plötzlich stieß Violet eine Reihe von Kraftausdrücken aus und schloß mit den Worten: «Diese Schweinehunde!»

Ada sah ihre Freundin erstaunt an. Daß ein Fernsehapparat nicht funktionierte, nachdem ein Fachmann ihn repariert hatte, war schließlich nicht weiter ungewöhnlich, und sie sagte: «Was ist denn, Vi? Was hast du . . .»

«Diese Schweinehunde», wiederholte Violet. «Bei dem Schneegestöber auf dem Bildschirm ist mir mein Pelzmantel wieder eingefallen. Die Schweinehunde haben ihr Versprechen nicht gehalten!»

«Ach du liebe Güte, ja», sagte Ada, «das stimmt. In der Aufregung mit Liz und so habe ich ganz vergessen, noch einmal . . . Oh, Vi, es ist meine Schuld.»

Violet widersprach ihr: «Nein, es ist nicht deine Schuld, und wenn ich ehrlich bin, habe ich im Grunde gar nicht damit gerechnet, daß ich einen kriege. Wer glaubt, daß er bekommt, was man ihm versprochen hat, ist ein Dummkopf. Sieh mal, wir haben es geschafft, Liz aus Rußland herauszubringen, und wir beide sind mit heiler Haut davongekommen. Auf dem Polizeirevier war ich mir da gar nicht so sicher.»

«Du warst fabelhaft», sagte Ada anerkennend. «Denen hast du's vielleicht gegeben. Das hätte ich dir nie zugetraut.»

«Ich war einfach wütend», sagte Vi. Sie unterhielten sich noch lange über ihre abenteuerliche Rußland-Reise. Endlich legten sie sich schlafen. Am nächsten Tag gingen beide wieder ihrer Arbeit nach.

Vier Wochen später wurde bei Mrs. Harris um acht Uhr in der Frühe Sturm geklingelt, und als sie öffnete, stand, zitternd vor Aufregung, Mrs. Butterfield vor ihr, in der Hand einen großen Umschlag mit dem Amtssiegel der sowjetischen Botschaft darauf.

«Ada», sagte Violet, «ich habe Angst. Diesen Brief hier habe ich durch Boten bekommen. Was meinst du, was sie von mir wollen?»

«Dummchen», sagte Mrs. Harris, deren Neugier erwacht war, «warum machst du ihn nicht auf, dann werden wir ja sehen.»

Gesagt, getan. Auf der imponierend aussehenden Karte, die dabei zum Vorschein kam, stand: «Seine Exzellenz Valeri Sornim, Botschafter der UdSSR in Großbritannien, bittet Mrs. Butterfield um einen Besuch heute nachmittag um 4 Uhr in der Botschaft.» Darunter ein handgeschriebener Zusatz: «Falls Mrs. Butterfield es wünscht, kann sie gern ihre Freundin Mrs. Harris mitbringen.» Es folgte die Adresse der Botschaft: Kensington Palace Gardens, London W. 8.

Mrs. Butterfield zitterte am ganzen Leibe. «Siehst du, ich hab's dir ja gesagt. Sie werden mich verhaften und mich wieder nach Moskau verfrachten.»

Doch Mrs. Harris, die sich die Karte in Ruhe angesehen hatte, sagte: «Red keinen Unsinn, Vi. Wenn sie das vorhätten, würden sie nicht schreiben, daß ich mitkommen kann. Wir gehen hin.»

Sir Harold Barry hatte sich damals Anatol Pawlowitsch gegenüber ausführlich über das für Ausländer so rätselhafte Verhalten der Russen geäußert, in dem ständig Gefühlsüberschwang und unverständliche Härte einander abzuwechseln schienen. Er hatte damit recht gehabt. Vermutlich gab es auf Erden keine seltsameren und zwiespältigeren Menschen.

Neben einem alten, kostbaren Tisch mit einem großen Pappkarton darauf stand Seine Exzellenz der russische Botschafter. Er begrüßte seine Gäste mit den Worten: «Madame Butterfield, nach Ihrem Aufenthalt in Moskau, über den ich im einzelnen nicht näher orientiert bin, wurde mir mitgeteilt, daß Ihnen ein Versprechen gemacht wurde. Die russische Regierung und das russische Volk stehen zu ihren Versprechen, und so habe ich das Vergnügen . . .» An dieser Stelle nahm einer der anwesenden Sekretäre den Deckel des Pappkartons ab, ein zweiter entfernte mehrere Lagen Seidenpapier, und ein dritter entnahm der Schachtel etwas Weiches, Braunes, Samtiges, das sich als der prächtigste und kostbarste Zobelpelz erwies. «Erlauben Sie mir, Ihnen diesen Pelzmantel zu überreichen. Wegen des Zolls brauchen Sie sich keine Sorgen zu machen – der Pelz ist als sowjetisches Diplomatengepäck zollfrei eingeführt worden.»

Bleich und zitternd vor Aufregung wurde die völlig überraschte Mrs. Butterfield in den Pelz gehüllt, und da stand sie nun, noch unförmiger und ausladender als sonst und sah so unvorteilhaft aus, wie man in einem so erlesenen Kleidungsstück eigentlich nicht aussehen kann. Es war der schönste und herrlichste Pelz der Welt, doch leider nichts für Mrs. Butterfield. Ada Harris war so gerührt, daß die Russen ihr Versprechen mit solcher Grandezza erfüllt hatten, daß sie das Lachen unterdrückte. Der Pelz hatte die richtige Größe, daran lag es nicht, doch das langhaarige Fell machte Violet einfach zu voluminös.

Der Botschafter lächelte huldvoll; er hatte sich seines Auftrags mit Anstand entledigt. Der eine Sekretär legte den Pelz wieder in den Karton zurück, überreichte diesen Mrs. Butterfield, und die Freundinnen verließen unversehrt und unbeschwert die sowjetische Botschaft.

Unbeschwert? Kaum. Denn jetzt lastete auf den beiden die Frage: ‹Was nun?›

«Was ist er wert?» fragte Violet am Abend beim Tee.

«Ich würde sagen, so seine zehntausend Pfund», erwiderte Ada.

«O Gott, o Gott, bei uns wird noch eingebrochen werden, wir werden noch ermordet.»

«Jedenfalls nicht, solange niemand etwas davon weiß», gab Ada zurück.

«Aber was soll ich denn bloß damit anfangen? Tragen kann ich das verflixte Ding doch nicht. Ich seh ja wie ein Elefant darin aus.»

«Na na, nicht gerade wie ein Elefant», sagte Ada, «aber ein bißchen sehr rundlich macht er dich schon.»

«Und wie soll ich als Toilettenfrau im ‹Paradise Club› in einem Zobelpelz für zehntausend Pfund aufkreuzen? Ich glaube, es ist das beste, wenn ich ihn den Russen zurückgebe.»

«Das geht nicht. Damit würdest du sie kränken. Wir müssen uns etwas anderes ausdenken.»

Ada stützte nachdenklich das Kinn in die Hand. Plötzlich sprang sie auf, schlug sich mit der Hand vor die Stirn und rief: «Mein Gott, warum ist mir das nicht eher eingefallen?! Wenn du ihn nicht behalten willst, können wir ihn doch einfach verscheuern.»

«Verscheuern?» wiederholte Violet mit großen Augen. «Wem denn? Dann wird man uns nur mit lästigen Fragen kommen. Und wer soll schon zehntausend Pfund dafür übrig haben?»

«Nun, es müssen ja nicht genau zehntausend sein», antwortete Ada, «aber auch nicht viel weniger. Wir geben das Ding nicht an einen Händler, sondern verkaufen es privat für etwas weniger. Das schafft dir eine Rücklage für deine alten Tage. Das ging mir gerade so durch den Kopf.»

«Aber wem verkaufen?» wiederholte Mrs. Butterfield.

«Lady Corrison», erwiderte Ada.

«Was?» rief Violet aus. «Das ist doch die, deren Mann damals deine Wahl ins Parlament verhindern wollte.»

«Ja, richtig», sagte Ada. «Aber die Reichen kaufen gern billig, und in diesem Fall kommt es nur auf die Größe an. Wenn mich nicht alles täuscht, hat Lady Corrison eine ähnliche Figur wie du, und der Pelz müßte ihr eigentlich haargenau passen. Und ich habe zufällig einmal gehört, wie Lady Corrison ihren Mann löcherte, daß er ihr einen Zobel kaufen soll, und er sagte immer nur, lieber würde er in die Themse springen, als neun- oder zehntausend Pfund für einen Zobel auszugeben. Aber wenn wir ihr den Pelz beispielsweise für siebentausend überlasse, kriegt sie ihren Mann vielleicht dazu rum. Und du kaufst dir dann einen Bisampelz, und zwar den besten, den es gibt, und den Rest steckst du in Aktien und andere Papiere oder noch besser, du zahlst die Hypotheken auf dein Haus ab und bist damit wieder eine Sorge bis zum Lebensende los!»

«Allmächtiger», sagte Mrs. Butterfield ganz überwältigt, «glaubst du wirklich, daß sie ihn nimmt? Was soll sie denn sagen, wenn man sie fragt, wo er herkommt?»

«Du meinst des Zolls wegen?» fragte Ada. «Du hast doch gehört, was der Botschafter gesagt hat. Der Pelz ist legal eingeführt worden, und wenn es irgendwelche Schwierigkeiten geben sollte, so ist Sir Wilmot Corrison genau der Mann, der mit so etwas fertig wird. Der kennt sich aus. Die Sache ist so gut wie abgemacht.»

«Ada», sagte Vi, «ich weiß nicht, was ich ohne dich anfangen würde! Ich kann dir nicht sagen, wie dankbar ich dir wäre, wenn du mir das Ding aus dem Haus schaffst, von mir aus zum halben Preis.»

Doch Violet wußte es ihrer Freundin sehr wohl zu danken, als es Ada gelungen war, den Corrisons 6500 Pfund für den Pelz abzuknöpfen. Schon am nächsten Tag war die freudestrahlende Mrs. Butterfield stolze Besitzerin eines Bisampelzes und der Rest, oder doch fast der ganze Rest des Geldes, in Sicherheit gebracht. Und als Mrs. Harris eine Woche später von der Arbeit nach Hause kam, stellte sie zu ihrer Überraschung fest, daß in ihrem Wohnzimmer statt des alten Apparats eine imposante Truhe mit einem funkelnagelneuen Farbfernseher im Wert von 450 Pfund stand. Sie war sprachlos vor Freude. Kurz darauf erschien Mrs. Butterfield und wurde von Mrs. Harris ein ums andere Mal umarmt und geküßt. «Das hättest du aber nicht tun sollen, Vi», rief Ada. «O Vi, ist er nicht wunderbar? Aber warum hast du bloß soviel Geld ausgegeben? Das ist die größte Freude meines Lebens. Du ahnst ja gar nicht, wie gern ich so einen haben wollte, aber wie um alles in der Welt bist du hier hereingekommen?»

«Ich habe mir gestern abend heimlich deinen Ersatzschlüssel mitgenommen», erwiderte Mrs. Butterfield und fügte dann hinzu: «Wir werden beide Spaß daran haben, Liebes. Du hast ihn dir redlich verdient. Ohne dich wäre ich nie zu meinem Bisam und all dem Geld auf der Bank gekommen. Komm, wir stellen ihn mal an. Gleich fängt die Humboldt-Serie an.»

«Ja, gut», sagte Mrs. Harris, «ich kann's kaum erwarten. Welchen Knopf muß man drücken? Ich glaube, diesen hier.» Sie tat es, und noch ehe das Bild erschien, hörte man eine Stimme: «Und jetzt das große British Airways-Preisausschreiben.»

Und dann war das Bild zu sehen, in den herrlichsten Farben, und beide Frauen starrten wie gebannt auf den Schirm: Sie fanden sich unversehens zurückversetzt auf den Roten Platz mit dem Kreml und der Basilius-Kathedrale, dann sah man kurz die Große Kanone und die Glocke des Zaren, und die sonore Stimme gab bekannt: «British Airways bietet Ihnen die Chance, einen fünftägigen Aufenthalt für zwei Personen im herrlichen Moskau zu gewinnen. Schreiben Sie an British Airways, Flughafen Heathrow, und fordern Sie unseren ausführlichen Prospekt an. Sie brauchen nur den Coupon auszufüllen und an uns zu schicken. Vielleicht sind Sie der glückliche Gewinner. Lassen Sie sich diese einmalige Gelegenheit nicht entgehen. Weitere Auskünfte unter der Nummer 231-66-33.»

Wieder erschien der Rote Platz. Passanten gingen vorüber, vor dem Lenin-Mausoleum stand noch immer eine Menschenschlange, Tauben flogen auf, Glocken läuteten. Mrs. Harris und Mrs. Butterfield fielen sich unter lautem Gelächter in die Arme und hörten erst wieder auf zu lachen, als der Werbespot längst zu Ende war.

Meine Freundin Jennie
Roman (499)

Ein Kleid von Dior
Roman (640)

Der geschmuggelte Henry
Roman (703)

Thomasina oder Die rote Lori
Roman (750)

Ferien mit Patricia
Roman (796)

Die Affen von Gibraltar
Roman (883)

Immer diese Gespenster
Fast ein Kriminalroman (897)

Waren Sie auch bei der Krönung?
Zwei heitere Geschichten zu einem
festlichen Ereignis (1097)

Jahrmarkt der Unsterblichkeit
Roman (1364)

Freund mit Rolls-Royce
Roman (1387)

Julian und die Seifenblasen
Roman (4173)

Mrs. Harris fliegt nach Moskau
Roman (4239)

C 53/24